断想録

dan-so-roku

福井一光 著
Kazuteru, FUKUI

北樹出版

はじめに

気がついてみると、古稀を迎えることになりました。幼い頃に、六〇の還暦の人と聞くと、随分年取った老人のように思えたものですが、六〇どころではなく、更にその上に一〇年も年を重ねたわけですから、昔の私なら今の私をどのように見ることでしょう。そう考えたりしますと、人生、誠に夢のようにも思うわけです。

しかしまた、かつて経験した青春の日々がつい昨日のようにも思い起こされ、知識は増しはしたものの、好む絵にしろ、音楽にしろ、当時と全く変わりはなく、感性の方は、およそ成長していないようにも思われ、複雑なのか単純なのか、何れにしても人間の心理とは厄介なものと、今更ながら思わずにはいられません。

国が「人生一〇〇年時代構想会議」を主導するほどですから、たかだか七〇歳などは知らん顔して素通りしてもいいのですが、しかし人生一〇〇年時代を生きるためにも、ここら辺りでギアチェンジする頃合いとも考え、これまで書き散らしてきた断想を一本にまとめてみようと思ったわけです。

名づけて『断想録』としてみました。モンテーニュの『随想録』やマルクス・アウレリウスの『瞑想録』を思わせるようなやや大仰なタイトルで、気が引けないこともないのですが、それでも人生の

4

時々の心に浮かんだことどもに嘘はなく、何がしか私なりの人生観・世界観が表れているようにも思います。

目次

断想録

本当の青春とは

サミュエル・ウルマンという詩人がいました。ほぼ無名の詩人でしたが、彼の書いた「青春（Youth）」という一篇は、今ではすっかり有名になりました。

殊にマッカーサーがマニラでも、昭和天皇と会見した東京でもこの詩を自分の執務室にかけ、時に演説の中で引用したり、確かロバート・ケネディーの葬儀でもこの詩が朗読されたと記憶します。日本でも「電力王」といわれた松永安左エ門や「経営の神様」といわれた松下幸之助と、内外の政治家や経済人たちに愛誦《あいしょう》されてきました。

確かに、年を取ってきた私などにもどこか勇気を与えてくれる、そんな気分にもさせてくれる力強い言葉であることには違いありません。紙幅の制約から、さわりだけ紹介してみましょうか。

青春とは人生の一時期をいうのではなく　それは心の在り様《あよう》をいうのだ
強い意志　創造の気性　生気ある感性　臆病を凌駕《りょうが》する勇気　妥協を退ける冒険心
人はただ年を重ねることで老いるのではない　自分の理想を棄て去ることによってのみ老いる
歳月は肌のしわを増すが　情熱を失う時　精神は萎《な》える※

でも、少し引いて思い返してみますと、ここに詠《うた》われている青春は、本当の青春なのだろうかと、社会のリーダー的存在にとっては、むしろ老いの不安を打ち払い、己《おの》が意欲をかきたててくれる内容であることは解りますが、しかしそれは、まぎれもなく安定の中で語られる青春のように思われます。

三島由紀夫が「青春を語る」というインタヴューの中でこういうことをいっていました。「青春というのは、やっぱり年齢的なものと実際には関係が……」という問いかけに答えて、「ありますね。そりゃあ、つまり無知ということが一番大きな要素で、これが一番核心ですよね。それが青春の特権じゃないですか。四一まで無知でいるということはなかなか難しくて、武者小路實篤みたいによほど天才じゃなきゃ出来ない※※」。無知を青春の特権などと、如何にも才気煥発の三島さんらしい答えです。

人それぞれ青春に対する見方は、異なるのでしょうが、私は、青春から不安定さをぬぐい去ることは出来ないように思う。ですから、はっきりいえば、安定の中で語られる青春は、本当の青春とはいえないのではないかと。

昔、駆け出しの専任講師の時代、本学でいえば「建学の精神実践講座」のような時間でした、会場に行ってみると、予定していた講演者が急に来られなくなったという連絡が入って、たまたま司会役であった私は、何人かの先生方とどうしようかということになって、その中の長老格の、当時個人的にも親しくしていたフランス文学の女性の先生に、「先生なら、学生たちに何かお話し出来ると思うので、話題は何でもいいので、話してやってくれませんか」と。そういえば、その方も詩人でした。

当時六〇近くでいらしたのではないかと思います。「じゃあ、福井さんがやれというなら、私がやるわ」と快く登壇して下さったわけです。人間、予期しないことにぶつかった時、どのように振る舞えるのか、それは、その人のもつ本当の力なのかも知れませんね。

全体の話は、忘れてしまいましたが、私が今でも時々思い起こすのは、次のくだりでした。「今、こうやって皆さんの前でお話をし、若い皆さんの輝かしい姿を見ていると、とってもうらやましくなります。私にも皆さんと同じような時代があったのだと思い出します。でも、今の私に『もう一度あの時代をやりなおしてみろ』といわれたら、とてもしんどくて出来ない」。きっと、その先生が今の立場を創り上げるまでには、人知れず大変な努力と苦労があったのだと想像します。

今、私も、かつての先輩教授よりも更に年端《としは》を重ねて、あの先生の言葉が痛いほどよく解ります。

今年も大勢の学生諸君を迎えました。四月来授業も始まっていて春セメスターも佳境に入り、きっとみな意欲に燃えて学生生活を送っていることと思いますし、そう期待しています。

でも、昔から「五月病」という言葉もある。意欲満々入学してきた新入学生が大学の授業が思いのほか高校の授業の焼き直しに思えたり、はたまたゴールデンウィーク疲れも手伝ってか、何となく勉強への気持ちが乗らない、大学とはこんなものかといった、ややブルーな気分になることを指す言葉です。俳句の季語にも「春愁《しゅんしゅう》」という言葉があるそうな。

三島由紀夫がいうように青春の本質が「無知」にあるにせよ、私のように青春の本質が「不安定さ」

にあると見るにせよ、善き先輩教授のように「あの青春をもう一度繰り返すことはしんどいこと」というにせよ、だからこそ青春には失敗も挫折もつきもので、でもそれを乗り越えなかった大人は、きっと一人としていないのですよ。

※“Youth”にはオリジナル版とリライト版があるが、右記引用は“The Reader's Digest”から。
※※『三島由紀夫全集』（第四一巻）新潮社。

（平成二九年七月一〇日発行）

懐《なつ》かしいシルス・マリア——『ツァラトゥストラ』が生まれた村

「懐かしい」といっても、これまで一度も行ったことはありませんでした。場所の名前は、シルス・マリア、イタリア国境に近い東スイスのエンガディン峡谷にあるシルス湖とシルヴァプラーナ湖の間の小村です。

昔、まだ若かった頃、家族と一緒にここを訪ねようとしていたことがありましたが、故あって叶わなくなり、忘れ難い思い出のままになってしまっておりました。

狂気の天才思想家といわれたフリードリヒ・ニーチェが『ツァラトゥストラはこう言った』の相当部分を書いたのは、この山村でのことでした。

グリンデルワルトやマッターホルンといった多くの世界的な景勝地を有するスイス人の多くが、この場所こそをスイスで最も抜きん出た風景と絶賛します。

特にその内容をテーマにした標題音楽というわけではありませんが、「フリードリヒ・ニーチェに従って自由に書いた音の詩」と書き添えられたリヒャルト・シュトラウスの同名の交響詩によって、その評判は、いやが上にも高められ、かん高いトランペットのファンファーレと地の底から突き上げてくるようなティンパニーの轟きが交錯しながら奏《かな》でられる音楽の方は、かつてハリウッド映画

シルヴァプラーナ湖

「二〇〇一年　宇宙の旅」に使われて、すっかりポピュラーになりました。

本書の第三部以降に、ニーチェが最後に辿《たど》り着いた境地、「永遠回帰」といわれる思想が語られるわけです。彼は、一八八一年七月四日から一〇月一日までここに滞在し、「自分の生涯を自分自身に語り聞かせよう」としたためた草稿『この人を見よ』の中で、こう書いています。それは、八月のことでした。「あの日、私は、シルヴァプラーナ湖畔の森の中を散策していた。ズルレイ村近くのピラミッド型にそびえ立った巨大な岩塊《がんかい》のかたわらに立ち止まった。その時、私の身に永遠回帰の思想が到来したのであった」。

では、この黙示録的な雰囲気を漂《ただよ》わせる永遠回帰の思想とは、どのようなものなのでしょうか。その学問的な解釈は、もう亡くなられてしまわれましたが、随分優しくして頂いた吉沢伝三郎先生を初め、名だたるニーチェ研究家の解説に委《ゆだ》ねるとして、でもこんなことはいえるのかと思います。

人生には喜びもあれば苦しみも多い、幸せも訪れれば悲しみもめぐってくる。無論、人は、喜びや幸せの時間が永遠に続いてほしい、苦しみや悲しみの時間からは永遠に免《まぬが》れたいと冀《こいねが》う。でも、元より有限な私たち人間には、好ましい時間だけを永遠に自分の下に止めおき、忌《い》むべき時間を永遠に遠ざけることは出来はしない。もしも時間を区切って考えるならば、自分たちにとって好ましい時間だけが持続するとも、辛く苦しい時間だけが推移するともいえるかも知れない。しかし、無限大から眺めてみれば、喜びの時も悲しみの時も、そこには同量に内包され、永遠に回帰してくるはずのものであろう。もしそうだとすれば、私たちが楽《らく》だけを無理やり永遠化しようとしても、楽は、やがて苦にかき消されていくことだろうし、むしろ悲喜苦楽が永遠に回帰する世界であればこそ、今の悲しみにもまた必ずやいつかは癒《いや》しが約束され、いっそう深い喜びを呼び起こす兆《きざ》しとなり得るのかも知れない。私たちは、苦楽のどちらか一方だけに目を奪《うば》われるのではなく、その双方が織り成す世界と人生を私たちに贈られた豊かな恵み、ゆめ疎《おろそ》かにすることの出来ない尊い出来事と受け取る時にこそ、消滅変化に惑《まど》わされない堅固な世界理解・人生理解が与えられるのではないのか。

この夏の終わり、森を抜けて、かつてニーチェが歩いたであろう道を初めて歩き、湖のほとりの起立した岩塊のかたわらで振り返って見たであろう風景を初めて眺めることが出来ました。この開けたパノラマを領していているのは、天の啓示を思わせるような沈黙の轟き。私も、いつの頃からかこのような気持ちで生きることが出来ればと思うようになってきました。

（平成二八年一月七日発行）

授業中に学ばなかったこと――漱石と鷗外

明治以降の文豪といえば、多くの人が夏目漱石と森鷗外を挙げるわけですが、しかしボブ・ディランのノーベル文学賞を認める人と認めない人がいるように、文学には人それぞれ好みがあって、一五〇年祭とはいいながら、私は、どうも漱石という人とは肌合いが悪いのです。

これは、出会いも悪かったのかも知れません。漱石を初めて読んだのは、高校の国語の授業でした。国語の先生には申し訳ない言い方ですが、授業中に出会う文学作品は、それ自体何か味気ないところがあって。

初めて読んだ作品は、かの有名な『坊っちゃん』でした。しかし、この作品がもつ人間類型に面白味は感じたものの、ここに登場する人物群は、坊っちゃんを含めてどれも私の好みとするところではない嫌味な人間たちで、まあそれはそれとして、『坊っちゃん』は、通俗小説のような気がして、この作品のどこがそれほどいいのだろうと不思議に思ったほどでした。

でも、文豪漱石に一作だけで評価を下すのは罰当たりと、しばらく経《た》って『虞美人草《ぐびじんそう》』を読んでみました。最後まで読み通しはしたものの、これは、全く辛気臭《しんきくさ》い話で。

でも、二作だけで評価を下すのも罰当たりと、しばらく経って『こゝろ』を読んでみました。

壁画模写　　　大河原典子　筆

「私が先生と知り合いになったのは鎌倉である。其時《そのとき》私はまだ若々しい書生であった。暑中休暇を利用して海水浴に行つた友達から是非来いという端書《はがき》を受取つたので、私は多少の金を工面して、出掛《でか》ける事にした」。

こう書き出して、鎌倉の海が描かれるのですが、その冒頭からしていけないのです。全く鎌倉の海になっていないのです。由比ケ浜が出てきても、それは、名ばかりのことで、都心からそう遠くない保養地なら、千葉の海でもどこでもいい。鷗外の『妄想《もうぞう》』の冒頭の「目前《もくぜん》には広々と海が横《よこた》はつてゐる。その海から打ち上げられた砂が、小山《こやま》のように盛り上がつて、自然の堤防を形づくつてゐる。―中略― その砂山の上に、ひょろひょろした赤松が簇《むら》がつて生えてゐる。余り年を経た松ではない。海を眺めてゐる白髪の主人は、此《この》松の幾本かを切って、松林の中へ嵌《は》め込んだやうに立てた小家《こいえ》の一間に据わつてゐる」と書き出される上総夷隅川《かずさいすみがわ》辺りの海の描写と比べてみれば、それは、一目瞭然で、まるで風景というものが彷彿としてこない。あまり落ち着きのある文章ともいえず、そう巧みとも思えない。

千円札の肖像になったこともある漱石をつかまえて、福井某などが、『こゝろ』の文章が落ち着きがなく巧みでないなどと、よくもまあ血迷ったことをいうものかと、きっと揶揄嘲笑を受けることでしょう。

なるほど、『草枕』などは、確かに濃密な言葉の芸術世界が繰り広げられていることは解りますが、漱石の本性《ほんせい》は、むしろ小説の人というよりも、ふと評論の人であったのかも知れないと思ったりもして。加えていえば、留学してノイローゼになってしまりに帰国したがり、真偽のほどは知りませんが、土井晩翠が「夏目狂セリ」と電報を打ったとか打たなかったとか。しかし、その揺れる弱さも含めて日本人好みで漱石ファンは圧倒的に多いのですが、何れにしても私の中で漱石の印象は、そう芳《かんば》しいものではないわけです。

それに引き替え鷗外は、孤高ではありますが、立派でした。公人としては陸軍軍医総監まで昇りつめ、そのかたわらゲーテの『ファウスト』や原作以上の格調と誉れ高いアンデルセンの『即興詩人』の翻訳を残し、『舞姫』、『雁』、『かのやうに』と多くの作品を著し、かの三島由紀夫が「物を貫くレントゲン的な描写力※」と絶賛した透明な文体をもって、恋愛から文明、貴顕淑女が集まる夜会から人間の生死《しょうじ》までを見事に描き出して見せました。

もっとも、文芸評論家の石川淳にいわせれば、『澁江抽斎《しぶえちゆうさい》』や『北條霞亭《ほうじようかてい》』といった本格歴史小説と比べれば、「『雁』などは児戯《じぎ》に類する」※※ものだそうですが、しかしこちらの方は、正直私には難しすぎて歯が立ちませんでした。

漱石がロンドンで沈鬱に明け暮れた間、鷗外は、ベルリンで雄々しく活躍しました。あの『舞姫』の主人公のような「検束《けんそく》に慣《な》れたる勉強力」をもって医療を調査し、日本人を無知無能と嘲笑した地質学者ナウマンとは新聞紙上で論争し、※※※ドイツ女性には恋焦がれられと、今ではゲーテが『ファウスト』の中で描いたライプツィヒの地下食堂アウエルバッハには羽織袴の堂々たる鷗外の壁画が描かれています。

文学などは、自発的に学び取るものも多いわけで、授業中に学ばなかったことで生涯にわたり心に刻印されるものもあるものです。中学や高校の教室にはそんな厄介な生徒が混じっていることも、先生方も頭のどこかにおいておいて下されば、却って生徒たちの励みになりそうに思ったりもして。

さて、生徒の皆さんにはどう映るのでしょう、何といっても二人とも間違いなく大文豪ですもの、気が向いたら、春休みは終日《ひねもす》漱石・鷗外を読んでみたら如何でしょう。

※三島由紀夫「森鷗外」『文芸読本　森鷗外』河出書房新社。
※※石川淳「澁江抽斎／北條霞亭」『文芸読本　森鷗外』河出書房新社。
※※※鷗外が舞台に選んだ「アルゲマイネ・ツァイトゥンク」紙は、一九世紀のドイツ三大紙の一つ。

（平成二九年三月二日発行）

「さようなら」ということ

人生には、出会いもありますが、別れもまたつきものです。いうまでもなく、学校では、入学は、出会いの時、そして卒業は、別れの時。私たちは、人生のいろいろな場面で別れの言葉を口にします。学校帰りの道すがら、友だちと手をふる毎日の別れ、住み慣れた土地を離れて、お世話になった近所の人に挨拶し、知らない土地に引っ越していく別れ、何かの理由で、恋人と離れていく切ない別れ、それこそ人生の終焉に際して、万感を込めて交わし合う今生の別れ、そんな別れの場面で、私たちは、口に出すにせよ、出さないにせよ、その人に「さようなら」という言葉を語りかけます。

別れには、寂しさの、また何がしか悲しさの、場合によると、ある種の悔恨の情というか、控えめにいえば、心残りの思いが伴うものです。それが、たとえ日常的な別れであったとしても。それだけにまた、「さようなら」という別れの言葉には、あえかな、いとおしい響きがたたえられることになるわけで、その響きは、たとえその言葉を知らない外国人の感受性にも伝わるもので、昔、ハリウッドでもマーロン・ブランド主演、助演ミヨシ・ウメキの「SAYONARA」という映画が作られたことがありました。

この「さようなら」という日本語に込められている日本人の特別の思いの意味するところを私に教

えてくれたのは、この四月から本学の教授として着任して下さる東京大学教授の竹内整一さんです。竹内先生には、かつて卒業記念講演や生涯学習センターの講座を受けもってもらったことがありましたが、近年『日本人はなぜ「さようなら」と別れるのか』（ちくま新書）というご本を出版されて、その中で、こういうことを書いておられました。

別れの言葉は、一つは「グッドバイ」（英語）や「アデュー」（仏語）のような「神のご加護を願うもの」、一つは「アウフ・ヴィーダーゼーン」（独語）や「再見《サイチェン》」（中国語）のような「また会うことを願うもの」、一つは「アンニョンヒ・ゲセヨ」（朝鮮語）や「フェアウェル」（英語）のような「お元気でと願うもの」といった三つのタイプに大別されるわけだが、日本語の「さようなら」は、そのどのタイプにも入らない、「世界各国どこを探しても『さようなら』のような意味あいはきわめて珍しい」※と、「さらば」でも、「じゃあね」でも同じ趣旨だが、元々「さようなら」とは、「左様ならば」と、先行きのことを受けて、後続のことが起こることを示す接続詞、つまりつなぎの言葉であり、それがやがて別れの言葉として自立的に使われるようになってきた、そして日本人は、一一世紀以来、「さようなら」と互いに口にし合いながら、別れ合ってきたというのです。

そこで、竹内先生は、解説されます。「それは、別れに際して、『さようなら（ば）』と、いったん立ちどまり、何ごとかを確認することによって、次のことに進んで行こうとする（逆に、そうした確認がないと次に進んで行きにくいという）、日本人独特な発想がひそんでいる」※※のだと。生涯学習センターの講座でも、こういう発言をしておられました。「日本人は、ある出来事から次の出来事に移る時、そこで一旦立ち止まってその場を総括するという傾向がある。そこを総括することが次のことに移っていく、新たな展開を可能にするというところがある」のだと。

つまり、日本人は、それまでの経験を振り返り、それを確認することによって、将《まさ》に来《きた》らんとする新しい世界に臨もうと身構えるのだ、あるいは覚悟するのだというのです。そして、これまで何とか無事に歩んで来たことを確認出来たわけだから、そうであるならば、その先もきっと同じように歩んでいくことが出来るに違いない、だからきっと大丈夫だよ、「さようなら」という言葉の中には、そうした決然とした思いや祈りにも似た願いが込められているというのです。

卒業する皆さんは、この鎌倉女子大学でどのような経験をなさったのでしょうか。それは、人それぞれによって違うことでしょうが、その経験がここでしっかりと出来たわけでしょう、そのことは卒業証書によってこうして証しされるわけでしょう、そしてその経験が一人ひとりの中にしっかりと刻みつけられているわけでしょう、そうであるならば、勇気をもって新しい世界に飛び出していくことが出来るし、この先人生にはいろいろなことが待ち受けているとしても、幾山河きっと立派に乗り越えていって下さるに違いない、そんな思いや願いを込めながら、私は、卒業に際して皆さんに、こう呼びかけることにいたしましょう。

「さようなら、いざ生きめやも」。

※竹内整一「さようなら考」『毎日新聞』（二〇〇九年三月三一日）。
※※竹内整一「やまと言葉の倫理学」『信濃毎日新聞』（二〇〇九年四月一八日）。
※※※「シンポジウム」『鎌倉女子大学学術研究所報』（創刊号）。

（平成二二年三月五日発行）

食を通して文化が見える

いつの頃からか、テレビを点《つ》ければ、食に関わる話題には事欠きません。世に浮き沈みはあるものの、とまれ豊かな時代になりました。古代の中国やローマを見ても、そうですが、文明が発展すると、人々の最後に残る関心は、食と健康に行き着くもののようです。

作家の谷崎潤一郎が終戦前夜疎開先の岡山県勝山のとある旅館で永井荷風に牛肉を振る舞ったという話は、荷風の日記『断腸亭日乗《だんちょうていにちじょう》』に綴《つづ》られ、それが世に喧伝《けんでん》されるほど、当時は何も無いといってもいいほどの食事情でした。もっとも、この話は、戦争などどこ吹く風の食道楽《しょくどうらく》とばかりすますわけにもいかない、軍部の横暴への「復讐として日本の国家に対して冷淡無関心なる態度を取る」※とする荷風や谷崎のある種執念さえ窺《うかが》わせるところもあるのですが。

私が生まれたのも、そのほんの数年後のことですから、何も無いことは、それ以上のこと。戦争から復員した父が麦やいも、きゅうりやトマトを作ってくれ、父にくっついて面白がって麦ふみをしたことを覚えています。

そういえば、私の大船の原風景は、五歳前後のことでしょうか、何事も玄人《くろうと》はだしを追求する父が野菜の新種でも手に入れようと考えたのかも知れません、大船農業試験所（現在のフラワーセンターの前身)に連れて来られた記憶の中です。暑い夏の日のことでした。父が奥の部屋に入っていってしまって、ガランとしたロビーで待ちくたびれて、探検隊がかぶるような父の白いピスヘルメットの頭の飾りをクルクルまわして壊してしまった情景を覚えています。後は、目の前に波が打ち寄せる鎌倉の海の光景だけを。

洋食風料理といえば、ライスカレーが関の山でした。当時は、カレーライスではなく、ライスカレーといったものです。昭和三一、二年のこと、ダラム・シンさんというインドの大学の学長がわが家に訪ねて来た折に、母がそのライスカレーを出したことがありました。当時のわが家にとっては精一杯のもてなしだったのだと思いますが、日本に来てカレーを出されて、インド人もビックリでしょうが、今から思うと、かなり滑稽に近い話です。

田舎ということもありましたが、ビーフやポークがそう簡単に手に入らない時代で、鯨肉《げいにく》を使ったカレー仕立ての煮込み料理を食べたこともありますが、あまり美味《おい》しいものではありませんでした。しかし、人間とは厄介な代物《しろもの》で、クジラを捕ってはいけないとなると、最近は殊更《ことさら》珍味と珍重する人がいるらしい、これもどういうものなのでしょう。

余談ですが、動物愛護を大義名分に己《おの》が生活のため多額の寄付金をかき集め、これ見よがしに下劣なパフォーマンスを繰り返す胡散臭《うさんくさ》い海賊もどきの団体には辟易《へきえき》しますが、でも調査捕鯨って、あんなにたくさんクジラを捕獲しないと、その生態も自然の生態系への影響も分からないものなのでしょうか、どなたか、教えて下さい。

そんな時代の育ちから、私は、父に初めて食べさせてもらったバニラのきいたアイスクリームの味や祖母にレストランで初めて食べさせてもらったハンバーグステーキが忘れられません。今の子どもたちにとっては、全ては生まれた時からあるものばかりで、初めて食べる食べ物の感激など記憶に残るはずもないでしょうが。しかも、今や和食だ、中華だ、フレンチだ、いやイタリアン、挙句の果てはエスニックだと、日本には世界中の料理が集まってくる。でも、あっと気がつけば、食糧自給率は、三〇パーセントを切りました。あの工業国と思われている欧米でさえ、「農ヲ以《モッ》テ国ノ本《モト》ト為《ナ》ス※※」、みな基本は、農業国ですのに。

最近、内閣府が「国民幸福度調査」を始めていますが、何が幸福か、幸福感って、面白いものだと思いませんか。

昔、南ドイツの古い大学町に住んでいたことがありますが、ライン河を隔《へだ》てた向こう岸はアルザス地方で、白ワインやフォアグラの産地としても有名な場所でした。田園や森の外《はず》れにも小綺麗なレストランがあり、多くのドイツ人も訪れるわけです。

通説ほど、私は、ドイツ料理を不味《まず》いとは思いません。つい数百年前までは文化果《は》つる国のイギリス料理とは比べものにならないほどハイレベルで、むしろ世界の料理の中でも美味しい部類に入ると思いますが、フランス料理と比べると繊細さに欠けるところは確かにある。ですから、ドイツ人も食べれば、美味いというわけです。しかし、彼らは、決してそれを輸入しようとはしない、相変わらず塩で漬けたすっぱいキャベツ（ザウワークラウト）と塩漬け肉をゆでた料理（アイスバイン）を食べるわけです。

それに引き替え、日本人は、美味しいとなれば、彼の地の食材を取り寄せ、世界の果ての料理さえ学び取ろうとする。それは、好奇心旺盛の日本人の美徳といえましょう。でも、飽きてしまえば、見向きもしない、これもまたどうしたものか。

ナタデココは、どこにいってしまったのでしょう。一瞬は、特需景気に沸きかえったわけですが、設備投資をしたフィリピンの生産農家や加工業者のブームが去った後の有り様は、きっと無惨なことでしょう。

食というものは、人間生活に直接的であるだけに、学問や思想などよりも、却《かえ》ってその国及び国民の文化に対する構《かま》えや心情、あるいは経済や倫理をより鮮明に浮かび上がらせてくれるところがあるものです。

※『荷風全集』（第二四巻）岩波書店。
※※古代中国の書『帝範《ていはん》』に、「農爲政本（農業を政治の根本と為《な》す）」という言葉がある。『帝範・臣軌《しんき》』明徳出版社。

（平成二二年七月六日発行）

和顔愛語

幼稚部の園児から大学生まで鎌倉女子大学に通う誰もが、キャンパスに足を踏み入れる時は、校門で立ち止まり、一礼をする慣わしになっていること、教室内でも挨拶の礼をもって授業を始め、また終えることを知っています。社会のあちこちから、「とっても立派な習慣ですね」、と感心もして頂きます。中には、「世の中が荒れ放題の現代においては殊の外尊いことですね」、といって下さる来訪者もいます。

躾《しつけ》とは、「身を美しく」と書きますが、毎日毎日のこのような行いは、社会に出てからも、卒業生の自然な振る舞いとして、きっと周囲の方々から喜ばれていくことでしょう。アリストテレスは、「習慣は第二の天性である」※といいました。日々善い行いをし、それが習慣づいていくと、やがて血となり肉となり、自ずとその人自身の生来の人柄そのものにさえなっていくものです。何時も何か面白くなく、不平不満ばかりを心に抱いている人は、自分では気づかない裡《うち》に、いつしかそのような卑しい顔つきの人格になっているものです。

ところで、仏教では、わが身を捨てて、人に施《ほどこ》しをすることを布施といいますが、何も自分を捨てるなどという大仰なことをすることもない、また取り立てて物やお金を必要とするわけでもない、誰にも何時でも出来る布施に「和顔愛語※※」があるといわれています。人一倍子ども好きで、それでいて能書家でもあった良寛さまは、特にこの和顔愛語を心掛けた方といわれます。人に和やかな笑顔を向けること、心のこもった言葉を語り掛けることは、少しの配慮と努力で出来ることです。それがいつしか自然に出来るようになっていれば、なおのことよい。

キャンパスで出会ったら、廊下ですれ違ったら、知らない者同士でも、年長の者からでもなく年少の者からでもなく、気づいた方から、「おはようございます」、「こんにちは」という挨拶を笑顔で交わし合いたいものです。それだけで、お互いがどれほど明るく感じよく、またその場がどれほど打ち解けた和やかな雰囲気に包まれることでしょう。

思うに、日本人は、欧米人に比べると、このさり気ない挨拶がどうも苦手のようです。イギリスでもフランスでもドイツでもどこででもいい、ヨーロッパのどんなレストランでも、隣り合わせのテーブルに座った者同士が、男同士でも女同士でも男性と女性でもどちらからともなく、お互いに挨拶の言葉と共に、ニコッと笑顔を交わし合う軽い慣習を見掛けるものです。このことは、エレヴェーターに乗る時にも、変わりありません。だからといって、そこからベタベタとした不要な会話がそれ以上始まるわけではない。

日本では、あまりお目に掛かれない風景です。レストランで隣り合わせのテーブルに座った者同士は、挨拶をすることはおろか、一瞬目でも合うや、「お前、どこから来た」ともいいたげな風情で、ツンと顔を背け合うのが事の顚末といったところです。

若い頃、初めてヨーロッパに行った時、印象が深かったものですから、どうして彼らはそうするのだろう、時折美しい女性にでもされてみようものなら、よせばいいのに無様《ぶざま》な自分をしげしげと振返って、「俺でも結構いけているのかしらん」と、馬鹿な錯覚に囚われるようなことがあったわけではなかったとしても、私たちの慣習とは異なるそれにしばし不思議な思いがしたことは、事実でした。

それには、わけがあるのです。彼らは、長年にわたって深刻な民族と民族の対立と闘争を繰り返し、国境線は勿論のこと国の形も人々の暮らしも大きく変わってきただけに、無論それに伴う個人と個人の対立・闘争もあったことでしょう、ですからトレランスの精神に到達し、平和が実現した今日にあっても、「私はあなたに対して敵意を抱いているわけではないのですよ」という意志表示が、このさり気ない挨拶の言葉と笑顔となっているのです。

これに対して、日本人は、多少誇張していえば、四国島国に閉じこもり、夷狄から攻められたこともあまりなく、ほぼ同じ言語・同じ慣習・同じ民族で暮らし合ってきたものですから、むしろ同じ日本人同士で殊更挨拶等交わし合わなくてもいいではないか、逆に言葉等なくとも解り合っているのが日本人ではないかと考えてきたためかもしれません。言挙《ことあ》げしないことをもって美風とするといった慣習からはなかなか抜け切らないものがあるようで、それが何気ない私たちのこうした振る舞い方にも表れているのでしょう。しかし、それが何時しか他人に対して挨拶も言葉も交わさない、逆に刺々しい社会心理を作ってきたとしたなら、それは、少し淋しい。

殺伐とした今の世相のことですから、特に女子学生の無意味な愛想は誤解の元で、思わぬ災厄に巻き込まれては、と老婆心も働き、最早今日どこにおいても、とは残念ながら勧められなくなってしまいましたが、少なくともこのキャンパスのあちこちでは清々しい和顔愛語が実践されることを願っています。

（平成一七年七月一五日発行）

※この言葉の発生の元になったのは、アリストテレスの『ニコマコス倫理学』。

※※この言葉が初めて表れるのは、仏教の浄土三部経の一つ『無量寿経』。

東京オリンピック・パラリンピックの開催

二〇二〇年東京でオリンピック・パラリンピックが開催されることが決まりました。大変喜ばしいことだと思います。各国の震災復興支援に対する高円宮妃久子殿下の誠にエレガントなお礼のお言葉を初め、安倍総理以下プレゼンターの方々のこれ以上ない出来栄えのプレゼンテーションに心から感激しました。こうした折にも、日本に皇室が存在することの有難さを実感します。

果報は寝て待て、「これで負けたら、しょうがないよ」と家人に言い残して寝床に入り、早朝五時過ぎにテレビをつけたところ、東京招致決定のニュースが目に飛び込んできました。いや、本当に嬉しかった。

「オリンピックよりも原発事故の後処理の方が」という意見も聞きますが、勿論後処理は自律的に推進していかなくてはならないことですが、しかしこのような国家的なイベントが想定されることによって、却って復興が加速されていくということもまた政治のリアリズムなのかと思います。だって、この事故を抑え込まなければ、政府も国民も晴れ晴れと開会式を迎えられないはずでしょう。

そこで、お願いなのですが、二〇年に向けて開催計画が段々明らかになっていくことと思いますので、準備期間及び開催期間を善き教育の場面、また機会と捉え、その形態は全く分かりませんが、特に学生たちにどのような協力、あるいは参画が出来るのか、調査・研究・検討をして頂けないものかと思います。

私たちが子どもの頃に経験した一九六四年の東京オリンピックの時は、学校の教室などもオリンピック一色でした。レリーフを思わせる一〇〇メートル走のスタートダッシュに躍動する選手群や、黙々と独りで泳ぐバタフライのスイマーを捉えた写真の裾の中央に、金文字でオリンピックマークと真っ赤な日の丸、左右にＴＯＫＹＯ１９６４とあしらわれたポスターが貼り出されていたものですが、今はスポンサー契約などがやかましくいわれる時代で、市井の私たちにどのようなコミットメントがもてるのかどうか。

それでも、少し思いをめぐらせてみますと、管理栄養学科の学生ならば選手村の調理・食堂関連事業への協力、児童学科や子ども心理の学生ならばベビーシッター、家政保健や教育学科の学生ならば競技場等関連施設の案内、また鎌倉は都心から日帰り可能な場所ですので、期間中相当来訪者は多いことと思います、やや英語に自信のある学生ならば鎌倉の歴史や文化の案内と、何か奉仕活動が出来そうにも思うわけです。

また、オリンピック開催は、二〇年七月二四日から八月九日にかけてとのことですから、これは少し気が早いかも知れませんが、今の学事日程からすれば、補講・試験期間にぶつかるわけです。パラリンピックは、八月二五日から九月六日にかけてだそうです。しかし、半世紀に一度の、もしかすると、今後更に新興国開催も増えることでしょうから、一〇〇年に一度の歴史的な出来事になるわけですから、若い人に出来るだけいろいろなものを生で見させてやりたい、また歴史を実感させておいてもやりたいと思いますので、この辺りの期間をどのように有効に使うのかという問題もやがて出てくることでしょう。

もう一つ私が望むことは、これを機に東京の街をもう一段機能だけに止まらず、景観においてもレベルアップして頂きたいということです。このような大イベントでもない限り、都市空間は絶対に変わりはしない。市川崑監督のかつての記録映画「東京オリンピック」の冒頭のシーンに象徴されるように、古いビルが壊され、新しい施設が建てられと、六四年当時も「新幹線だ、高速道路だ」と東京の衣替えがあわただしく行われましたが、普請の喧噪の中で、ゆっくり調和を図りながらの都市創りが出来ずに終始しました。当時も日本橋の上に高速道路を架けることへの短慮を指摘する意見はありましたが、「オリンピック、オリンピック」の声にかき消され、今の姿になったわけです。頭上の高速道路の側壁に「日本橋」と書いてあるので、若い人の中には日本橋とは高速道路のことかと誤解している人も多いとか。この際、元に戻すことは勿論、東京駅も復元されたわけですから、江戸城の本丸御苑に残る礎石の上に、日本の建築術の粋を集めて、無論木造による天守閣の完全復元を果たして頂きたいものと思います。

東京が日本の首都だと感じさせてくれるものは、東京タワーでも、スカイツリーでもありません、唯一皇居周辺です。一方において未来的に発展している都市が、他方において自分たちが自前で創造した文化を誇りをもって復元している、その精神にこそ外国の人たちは尊敬をはらうわけです。パリやロンドンをご覧下さい。パリはパリ、ロンドンはロンドンです。爆撃で灰燼に帰したニュールンベルクの街をドイツ人は寸分違《たが》わず復元しました。それは、彼等が自国文化に誇りをもっているからです。ニューヨークとは違ったトーキョーにこそ人々は魅力を感じるわけで、観光客は飛躍的に拡大するでしょうし、資金の回収も十分成り立つ話だと思います。

今より七年間周到な準備を重ねて、ハードウェア・ソフトウェアの「オ・モ・テ・ナ・シ」を是非実現させたいものです。

（平成二六年一月九日発行）

新しい年の始まり

明けましておめでとうございます。健康で平安で希望に満ちた平成一八年でありますように。また、お互いにそうした年にしたいものと思います。

一二月三一日から一夜明けただけなのに、一月一日は、特に正月元日と呼ばれ、皆が挙って普段とは違った新鮮な気分を味わうのは、どうしてでしょう。

除夜の鐘をつき、初詣でをして、初日の出を拝む、家族が集まってお屠蘇を頂き、お雑煮を食べる、そうした行いが、きっと私たちの生活に一つのリズムを与えているからでしょう。もし、そのようなリズムがなかったとしたら、私たちの日常生活は、随分と殺風景なものになっていたことに違いありません。

どんなに合理主義者であったとしても、三六五日がモノトーンの皆同じ毎日になった方がいいなどと思っている人はおりますまい。

それとも、逆な見方も成り立つように思います。人間は、ほぼ同じ事を繰り返す日常生活にばかり身をおくことには耐え切れず、生活にある種のリズムが必要と感ずるからこそ、先人たちは、変化に富んださまざまな麗しい行事を創造し、流れゆく時間のそこここに、そうした営みをリズミカルに配置したのかも知れません。

　お正月を迎えるごとに、私たちは、誰にいわれるまでもなく、ふと立ち止まり、過ぎ去った年の出来事やそれまでの自分の歩みを振り返ります。また、誰にいわれるまでもなく、思い出を心にしまい、失敗は繰り返すまい、成功は明日につなげようと、抱負を心に浮かべます。お正月という慣習は、決して難しい道徳でも、厳《いかめ》しい倫理でもなく、自然に人の心の中に過去への反省と未来への計画を呼び起こします。そう考えて見ると、お正月には、楽しさばかりでなく、どこかに落ち着きと静けさが漂う雰囲気があってほしいものと思います。

　時間は、時計で計るような、決して無色透明の無機的な連続的流ればかりではない、そこには明暗があり、濃淡があり、抑揚がある、強い

松竹株式会社元大船撮影所から譲り受けた松
鎌倉女子大学大船キャンパスメインゲート前

クリスマスツリー　同東山ゲート前

ていうなら非連続性を内に含む有機的な流れであることに思い当たります。

時間を表す英語に「エポック」や「ピリオド」という単語がありますが、共に「中断」や「停止」、あるいは「循環して完結するもの」を意味するギリシア語を語源としています。ということは、あの西洋文化の源流を創造したギリシア人が時間というものを単純な直線的な一元的流れとしてではなく、しばし立ち止まったり、思いめぐらしたり、ある纏《まと》まりをつけながら歩みを進める、立体的な厚みをもった、豊饒な時の流れと考えていたことの標《しるし》をそこに読み取ることも出来るでしょう。

四季の変化に富む風土に自らの歴史を刻んできた日本人は、殊の外時間の流れに敏感な民族であるようにも感じますが、いや、日本人ばかりの心意識《ゲミュート》ともいい切れない、西洋人の心にも、そこに共通の心理を垣間見ることが出来るように思います。待降節《アドヴェント》のシーズンに入る頃、スーパーマーケットの軒先にはたくさんのクリスマスリース、モミやヒノキの青葉がうず高く積まれ、人々は、これを買い求め、家路を急ぎますが、それは、生命の息吹きを表す青葉を家に飾り、邪気を祓い、健康や平安や希望を祈る、日本の松飾りと全く同じ思いに基づく人類普遍の美風といっていいでしょう。

誰もが新しい年をハッピー・イヤーにしたいものと願うことは、人類発生以来今に伝わる素朴な願い、そして私たち現代人の変わりない真剣な願いなのです。

（平成一八年一月一一日発行）

菩提樹

大船キャンパスのメインゲートから東山ゲートの間に並ぶ二八本の菩提樹が、今年も青々とした若葉をつけました。誰の計《はか》らいか判りませんが、毎年同じ時期に同じように芽吹く誠実な自然のめぐりに、今更ながら軽い感動を覚えます。植えた当時と比べますと、枝も張り、幹も大分しっかりしてきました。

この大船キャンパスを建設する際、メインゲートから図書館棟へと真っすぐに延びるアプローチ部分に何の並木を設《しつら》えようか、この界隈《かいわい》に多いサクラもいいか、あるいはイチョウもいいか、トチの木《カスターニエン》もいいか、いろいろ考えましたが、最後に辿り着いたのが菩提樹でした。

鎌倉らしい伝統や文化の香りを感じさせる樹木がほしいと考えましたし、大学のキャンパスですから学問や芸術の雰囲気を湛《たた》える木のことも思い浮かべました。

そもそも、菩提樹という名前自体に、大変深い意味が込められています。菩提樹とは、いうまでもなく、お釈迦さまが菩提（覚り）を求める修行者としてこの樹下で瞑想を続け、遂に三五にして覚りを得たという故事に由来するものです。

人生の悩み苦しみ悲しみをまるごと解決しようと苦行を続けたお釈迦さまは、ある朝、夜の闇が晴れて、朝靄《あさもや》の中から美しい世界が立ちのぼってくるのをじっとご覧になって、それまでの心の闇が晴れて、自分を含めた全ての生きとし生けるものが一つの命に包まれている事実を発見なさいました。

今では世界遺産にも指定されているインド東部のブッダガヤの遺跡には、その時釈尊《しゃくそん》がすわったといわれる菩提樹の巨木が立っています。

元々、インド人は、この木を特別視して、アシヴァッタとかピッパラと呼び、精霊の宿る木、神々の息吹が溢れる木と考えていたようです。ですから、お釈迦さまも、そのことをよくご存知の上で、この木の根方に、正に覚悟をもってドッカと腰をおろされたのだと想像します。

クワ科※の常緑樹で、大きく成長すると、高さ二〇メートルにも達するものもあるそうです。葉は、平坦で丸味を帯びて広がり、先にいくにしたがい細くとがる

鎌倉女子大学大船キャンパスメインゲートから図書館棟に続く菩提樹の道

ハート形をしています。

また、このインド菩提樹と並んで有名なのは、何といってもドイツの菩提樹です。シューベルトの歌曲『冬の旅』の中の第五リートが有名な「デア・リンデンバウム（菩提樹）」となっているのをご存知の方も多いと思いますが、「ローレライ」の訳詞を手掛けている近藤朔風が同じく訳詞し、独立した曲としても多くの日本人に愛唱されてきました。

泉に沿《そ》いて　繁る菩提樹
慕い行《ゆ》きては　うまし夢見つ
幹には彫《え》りぬ　ゆかし言葉
うれし悲しに　訪《と》いしそのかげ

ヴィルヘルム・ミュラーの原詞の方は、もっともっと直接的な熱く切ない恋と過ぎ去った青春の思い出の歌となっています。

ドイツ菩提樹といえば、もう一つ、名作『舞姫』の中で、森鷗外が「余《よ》は模糊たる功名の念と、検《けん》

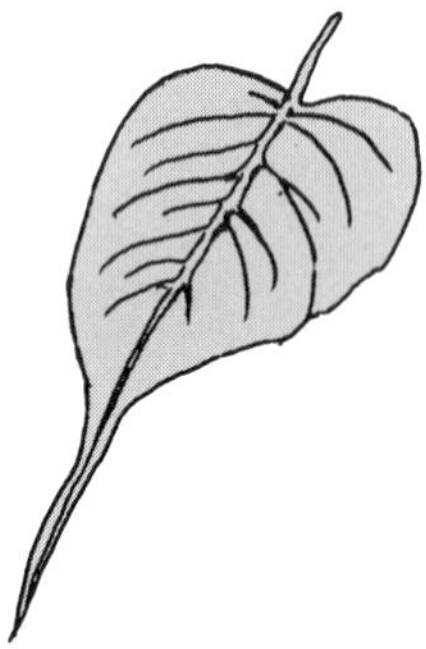
インド菩提樹の葉

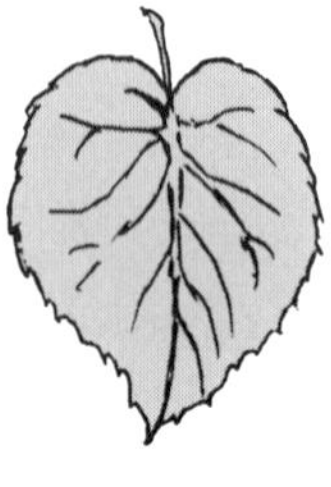
ドイツ菩提樹の葉

束《そく》に慣れたる勉強力とを持ちて、忽《たちま》ちこの欧羅巴《ヨーロッパ》の新大都の中央に立てり。何等の光彩ぞ、我目《わがめ》を射むとするは。何等の色澤《しきたく》ぞ、我心《わがこころ》を迷はさむとするは。菩提樹下と訳するときは、幽静なる境なるべく思はるれど、この大道髪の如きウンテル、デン、リンデンに来て……」と描いた、ベルリンのブランデンブルク門から真っすぐに延びる世界のメインストリートのウンター・デン・リンデン、往時はパリのシャンゼリゼを凌《しの》ぐ賑《にぎ》わいであったようです。

キャンパスの「菩提樹の道」を造る時、長年ベルリンに住む旧友が、参考にと、ウンター・デン・リンデンの菩提樹の葉を何枚か届けてくれたことがありました。

さて、本学の菩提樹の道ですが、メインゲートから歩き始めて、左側の数えて四番目の木は、少し小ぶりで、いつも葉をつけるのが一番遅い菩提樹です。芽吹きの頃は、他の木々が皆しっかり若葉をつけ出すのに、なかなか芽を出さないものですから、何だか心配になるのですが、しかし大丈夫、少し遅れはするものの立派に芽吹いて、青々とした若葉を楽しませてくれます。通るたびに、いつもどうしているか、必ず私の視線を誘う一樹です。

※植物分類科目は原産地によって異なり、ドイツ菩提樹はシナノキ科に属する落葉樹。

（平成一九年七月一二日発行）

七〇年に一度の開花――岩瀬キャンパスの竜舌蘭《りゅうぜつらん》

この六月は空梅雨《からつゆ》気味に推移し、七月に入り猛暑日が続き、月末から鎌倉辺りも集中豪雨と、目まぐるしいこの夏の天気でした。そんな時期、岩瀬キャンパスの本館正面の風景に嬉しい異変があった報せが届きました。

日常的に見ている岩瀬キャンパスですが、これまでは玄関脇に「ああ、ユッカの株がある」と、その程度にしか目を向けませんでした。況《ま》してそれを竜舌蘭と呼ぶことも知りませんでした。

その蘭がです、気がつかないうちに三階にまで届くほど太く堅固な茎を伸ばし、下の方から上の方へと、小さな緑のバナナの房のようにたわわにつけた蕾から鮮やかな黄色の花弁を開かせたのです。

『新牧野日本植物圖鑑』（北隆館）によれば、竜舌蘭は、「メ

鎌倉女子大学岩瀬キャンパス正面玄関脇　竜舌蘭

キシコ原産の常緑の多年草で、葉は多数集まって根生し、先端は鋭く尖っている。数十年を経た後、高さ六〜九メートルに達する円柱形の茎を出し、多数の黄色の花を咲かせる。日本名は葉形を竜の舌に喩《たと》えたもの」とある。テキーラ酒は、この葉のしぼり汁を蒸留したものだそうな。

このことを紀子先生にお知らせしたところ、こういうお話を伺いました。松本生太先生は、兎も角自宅の庭やキャンパスに何でも種を蒔いたのだそうです。お八《や》つや夕食に食べた桃、ビワ、カボチャ、みかん……、それは何でも。千枝子夫人は、微苦笑しながら眺めておられたそうですが、息子たちからは「また親爺の種蒔きが始まった」と馬鹿にされながらも全く意に介さず、「蒔かなきゃ、芽は出ん」とおっしゃって。

もしかしたらこの竜舌蘭は、終戦直後の岩瀬キャンパスの開設の頃、生太先生ご自身が蒔くか、植えたかしたものなのかも知れません。今年で戦後七二年が経つわけですから、そう想像したとしても、別段不思議なこととも思われません。

早速神奈川新聞が取材にきてくれ、翌日には卒業生や市民の方々が見学に来て下さいました。

先生は、「一年を思う者は花を植える　十年を思う者は樹《き》を植える　百年を思う者は人を育てる」を座右の銘になさいましたが、こうしてみると、花だって七〇年待たなければ開かない花があるのですね。

仏教の唯識説《ゆいしきせつ》という学説に「種子《しゅじ》」という言葉を使った興味深い経験論があります。種子とは、文字通り蒔かれる種のことです。善い経験を身に受ければ、それが種子となって新しい善い経験として実を結び、悪い経験を身に受ければ、それが種子となって新しい悪い経験を生み出す。どこにどのような色を塗ろうとするのかという意図や作為以前に、香《こう》を焚《た》いた香《かお》りが衣服に自然に染み込むように、生きる姿勢、遣《つか》う言葉、抱《いだ》く価値観何もかも、祖父母が醸し出す雰囲気が知らず知らずのうちに親の中へ、親が醸し出す雰囲気が知らず知らずのうちに子の中へ、そして孫の中へと沁み込んでいくといわれています。それを唯識説では「薫習《くんじゅう》」ともいっています。

「蒔かなきゃ、芽は出ん」、如何にも教育に生涯を費やされた生太先生らしいエピソードだと思いました。教育は、人間の成長を信じること、種さえ蒔いておけば、仮に直ぐに芽が出なくとも、一〇年後見事に花を咲かせることだってあるものです。

筆者　竹内整一、月本昭男、羽入佐和子、竹村牧男の各氏と　入谷／魚直

昔の友人たちがもう名誉教授になったり学長になったりするものですから、そんなことが機縁になって、近年定期的に研究会を開いているのですが、この七月末の会合の折、行きがけにスマホで撮った写真を見せたところ、皆、異口同音に、「これは素晴らしい、福井さんきっといいことあるよ」といってくれました。

（平成二九年一〇月二〇日発行）

子どもの遊び——ピーテル・ブリューゲル（父）

「児童学部」の開設記念としてピーテル・ブリューゲルの「子どもの遊び」をマルチメディアラウンジの南の壁に設えました。

まだ中世の雰囲気が残る古い街の広場に子どもたちが集まり、思い思いに遊びに打ち興じている様子が丹念に描かれているものです。場所は、ベルギーのアントワープがモデルといわれます。

規模は、一一八×一六一cmの原寸大。一つひとつ数えてみれば、約二五〇人の子どもと約九〇の遊びを確認することが出来ます。当時の人々の遊び方は勿論のこと、考え方も十分に看て取ることの出来る生活感あふれる絵画です。

陶板に名画を寸分たがわず精緻に焼きつける技法が開発され、原画とは違って、そっと間近に寄って観ることも出来るものです。

よく原画を複製したものにはフェイクとの批判や揶揄が浴びせられることが少なからずあるものですが、一度ご覧下されば判るように、これはこれで全く別の芸術作品といっていいものなのです。

さて、ブリューゲルは、イタリアに遊学したこともありましたが、主として活躍した場所はフランドル。その意味で、大きく見れば、北方ルネサンスの芸術家にくくることが出来る作家です。フランドル絵画の巨匠として美術史にひと際異彩を放っていますが、最も有名なものは、黙示録的雰囲気をたたえた「バベルの塔」といっていいでしょう。これに代表される宗教的題材を扱った絵画も残していますが、しかし他方彼は、農村風景や市井の人々の暮らしぶりを好んで多く描きました。ですから、彼のことを「農民画家」と呼ぶ言い方もあるくらいで、この「子どもの遊び」は、後者のジャンルに属する作品といっていいでしょう。

もっとも、この絵の解釈には昔から相当の誤解・曲解がまとわりついて、ヴォルフガング・ステカウの美術解説などは、その最たるものといわなければなりません。

「ブリューゲルの一五六〇年の絵画にお

子どもの遊び　ブリューゲル（父）筆
鎌倉女子大学大船キャンパスマルチメディアラウンジ

いて、子供たちは大人を意味する。この何の偽り隠そうとしない姿をかりて、懲らしめられているのは、まさに大人たちの愚行であり、彼らはただ大きさと（部分的に）衣装によってだけ子供である。

――中略――　これは少年時代の展望図《パノラマ》というよりも、愚行の展望図《パノラマ》である」。

かつて、この文章を読んだ時、確かにブリューゲルには「ネーデルラントの諺」など、シニカルなモチーフの作品も少なからずありますが、それにしても随分穿《うが》ち過ぎた解釈と、怪訝に思ったことがありました。

あの長閑な田園風景と純朴な農民生活をありのままに描いた「刈入れ人」や「農民の踊り」の作家が、何故子どもを主題にして、そうしたアイロニカルな逆説的作品を描かなくてはならないのか、もう少し絵自身に見入って素直に観ればよいものを、と不思議に思えてなりませんでした。

猟から帰ってくると、丘の上から街の人々が楽しげに氷上でスケートやカーリングをしている姿が見える有名な「雪中の狩人たち」も、そうした素直な心意識《ゲミュート》に基づくものでしょうに。

こうした私の疑問を払拭してくれたのが、森洋子氏の優れた研究書、その名もズバリの『ブリューゲルの「子供の遊戯」――遊びの図像学』（未來社）です。この本と出会い、やはり私の直観はそう間違ったものではなかったと、意を強くしました。

長年にわたって、この絵についてのさまざまな解釈や、個々の遊びの種類を当時の風俗にまで立ち帰って精密に分析した森氏によれば、先のステカウに代表されるような見解は、ブリューゲルの生きた時代よりも下った一七世紀のプロテスタントの思想家の「大人は愚かな子供の遊びから、自らの戒めを認識しなければならない」（傍点筆者）という、いささか屈折した解釈に由来するものであるということです。

一七世紀という時代は、ルターをもって嚆矢《こうし》とする宗教改革の未だ影響下にあり、激動の時代の常として、過剰な教条性と直情な急進性を求める気運が、こうした屈折した解釈を生み出す土壌となったのかもしれません。しかし、子どもの遊びを愚かと見立て、したり顔して戒めの素材とする倒錯した大人の愚かさからは、子どもの実像は見えて来はしないでしょう。

〝childish《チャイルディッシュ》〟と〝childly《チャイルドリィ》〟、〝kindisch《キンディッシュ》〟と〝kindlich《キントリッヒ》〟、「子どもじみた」と「子どもらしさ」とは、全く違った事柄。『聖書』には、「おほよそ幼児《おさなご》のごとくに、神の国をうくる者ならずば、之《これ》に入ること能《あた》はず」（ルカ伝第一八章第一七節）という言葉さえあります。手垢にまみれたマコトシヤカな解釈から解放されて、正に童心に帰って、この「子どもの遊び」に素直に見入れば、当時の子どもたちの心や、ブリューゲルの描くごっこ遊びの風景を通して、子どもたちを取り巻く当時の人々の暮らしの心象風景が蘇《よみがえ》ってくることでしょう。

観て楽しく・数えて楽しく・調べて楽しい絵画です。児童学関連の授業の材料にもして頂ければ、これを飾る甲斐もあるというものです。

（平成一八年三月九日発行）

命はめぐる

素晴らしい日本画をゆずってもらいました。

規模は、縦一三〇ｃｍ×横三二〇ｃｍ、画題は、菊の一生をテーマとして「めぐる」と名づけられ、色調は、白と黒のコントラストが鮮やかな作品です。

星雲の誕生を思わせるような混沌の中から命が躍動し始め、次第に花びらと茎《くき》と葉との確かな象《かたど》りをとり、四方八方に激しく飛び散るように絢爛豪華な大輪を咲かせ、その菊が少しずつ衰《おとろ》えながら黒く萎《しぼ》んで、やがて陰《かげ》りの中で命を終えていくのですが、しかしその中につつましやかな黄金色《こがねいろ》の種子を宿し、新しい命の誕生を暗示するという、正に「めぐる」というにふさわしい物語に構成されています。

全体の画風は、日本画伝統のやや墨絵に似た雰囲気を漂《ただよ》わせるものですが、しかし二枚の和紙を重ね合わせ、背景と前景を多彩な濃淡で描き分け、遠近を際立たせ、背後の海とも雲とも思わせるような波間に菊の起承転結が浮かび上がるという立体感あふれた仕上がりとなっています。

作者は、本学児童学部専任講師、日本美術院院友の大河原典子先生。「日本画の古典模写や古墳壁画の保存修復の研究によって培われた技術により、岩絵の具や箔を見事に駆使した繊細な筆使いで※」、

めぐる　　　　　　大河原典子　筆

これまでも天平時代の色彩を現代に蘇《よみがえ》らせた吉祥天像※※を奈良の薬師寺に奉納したり、また日本橋三越や高島屋の特選会を初め全国の主要都市で精力的に個展を開催してこられました。

先生のお話によりますと、制作していく過程で幾度か色をつけたい衝動に駆《か》られたとのことですが、それもなるほどよく解《わ》かるように思いました。ただ、敢《あ》えてそうはせず禁欲的に抑制を利《き》かせて水墨画風に描き切ったことが、却っていっそうの迫力と印象を観る者に与えてくれます。

モチーフとなった菊は、多くの花弁をもち、いうまでもなく皇室の御紋章であることから「高貴」を花言葉とし、日本の国花でもあり、伝統の尊重と進取の精神を旨とする鎌倉女子大学にふさわしい品格の高い作品です。

西洋画にしろ、日本画にしろ、つまらないものを掛けるくらいなら、白い壁のままの方がいいと、大船キャンパス開設以来何も設《しつら》えずにきましたが、やっと法人のお客さまにも喜んで頂ける落ち着きのある絵が見つかりました。

※「―花伝―　大河原典子　日本画展」（京阪百貨店）。
※※吉祥天は、ヒンドゥー教を起源とし、福徳を授ける女神としてインド神話の中で語られ、後に仏教の中に取り入れられ、広く人口に膾炙《かいしゃ》するに至った。四天王の一尊である毘沙門天《びしゃもんてん》の脇侍《わきじ》とされ、特に天下泰平と五穀豊穣を願う薬師寺の吉祥天信仰は有名。所蔵の吉祥天像は、昭和二六年（一九五一）に国宝に指定されている。なお、「きちじょうてん」とも、「きっしょうてん」とも呼ばれるが、望月信亨編『仏教大辞典』（世界聖典刊行協会）から中村元著『仏教語大辞典』（東京書籍）まで、正統的には前者が採用されている。

（平成二八年五月一一日発行）

科学へのあこがれ

秋の景色も深まる頃、たて続けに日本人の科学者にノーベル賞を贈ることをスウェーデンの王立科学アカデミーが発表しました。しばしその話題でもち切りとなったことは、まだ記憶に新しいところです。三人の理論物理の方が物理学賞を同時受賞し、街ゆく人たちも喜びにわき立っていたところ、翌日にはさらにもう一方《ひとかた》に化学賞をということで、私たち一般の国民も、殊《こと》に最近の政治・経済の体《てい》たらくのモヤモヤ感の中、同じ日本人として大いに溜飲《りゅういん》を下げたところでした。

素粒子物理学の理論づくりに貢献したというシカゴ大学名誉教授の南部陽一郎博士、新しい基本粒子の数の特定に寄与したという高エネルギー加速器研究機構名誉教授の小林誠博士と京都大学名誉教授の益川敏英博士がそれぞれ物理学賞の栄誉に輝き、また化学賞は、クラゲから緑色蛍光蛋白質《たんぱくしつ》を取り出すことに成功し、後年の遺伝子工学に活用の道を拓《ひら》いたというボストン大学名誉教授の下村脩博士に授与されることになりました。

宇宙の起源にまで及ぶ難しい物理理論や高度の生命科学の話は、私たち門外漢にはよく解らなくても、長年にわたって研究に打ち込んでこられた四先生方のお人柄や体験の厚みと奥ゆきは、四者四様、そのお顔やご発言によく表れていて、私たちにも十分伝わってくるものがありました。

中でも、私は、個人的に、益川先生のお話は含蓄に富んだもので、失礼ながらそのひょうきんなお人柄と相まって、大変面白く感じられました。

二〇世紀の物理学は、あらゆる物質を構成する要素は分子、原子、原子核、そして原子核を構成する陽子や中性子、更にこれらを構成する基本粒子《クォーク》へと辿ることが出来ることを実証してくれたわけですが、聞けば小林先生と協働した先生のお仕事は、この最小要素であるクオークが六種類あることをつき止めたということだそうです。まあ、ここまではこの度の受賞に至るご研究の事実関係の話ですが、ところが私たち素人から見ても面白いと思えることは、その事実の証明を着想した時の情景がいかにも印象的で、お風呂に入っていた時、それまで実験してもなかなかうまくいかなかった四つのクオークモデルを六つに変更して考えなおせばうまくいくのではないかと思いつき、それに気づいた時は、「計算も何も必要なかった。その瞬間、自明であることが確信できた」と述懐《じゅっかい》なさっておられることとです。「湯船から出た時には、小林・益川理論の骨格はもうできあがっていた」と新聞は解説してみせてくれておりました。

恐らくは、繊細鋭利にカットされたクリスタルグラスよりももっと鮮やかな明晰判明な物理理論だからこそ、一瞬のうちにすべてのことが直観出来るのかも知れません。ちょうど、毎日毎日修行にはげむ禅僧が日課の庭はきをしていると、箒《ほうき》ではいた小石がポーンと飛んで、その先にある竹にあたってパァーンと撥《は》ねた、その瞬間、禅の真理を会得《えとく》したというような話が昔から伝えられているわけですが、ちょっとそれと似たような本質直観《ヴェーゼンスシャウ》が理論物理学には成り立ち得るのかも知れませんね。確か、同じような逸話は、日本人で初めてノーベル賞を受賞した理論物理学の先駆者であった湯川秀樹博士も語っていたことがありました。それと同時に、気の遠くなるような理論的仮説と実験的証明の往復作業の反復―を重ねた結果だからこそ、ふとした契機に全てが氷解《ひょうかい》するのかも知れませんね。継続は、まことに力であり、真理をつかみ取る眼の前にまで私たちを連れて行ってくれるものなのでしょう。

その益川先生が、報道陣から「子どもたちに何か一言」と促されて、こういっておられました。「科学にあこがれをもってほしい。知ったかぶりをすることが大切。そのうち分かるようになる」。この発言は、幼稚園児から大学院生まで、人間の成長の機微《きび》に触れる大事な事柄をいい当てているように思われます。知ったかぶりは知的好奇心の証《あかし》、知ったかぶりは背伸びをすること、それは、成長の推進力なのです。

今は大学の先生方だって、その昔、すぐには解りそうもないキルケゴールやサルトルといった難しい哲学者の本をあたかも解ったような顔をして読み耽《ふけ》った経験をもつ方も、きっと二人や三人程度のことではありますまい。かくいう私にも、そんな若気の時代がありました。

子どもは、愚かではありません。自分が知ったかぶりをしている時、そのことによく気づいているのです。それが露見でもすれば、無論恥ずかしいと感じないわけにはいかないでしょう。ですから、知ったかぶりをする子どもは、自分をそこまで引き上げようと密かに努力するものなのです。あこがれは、自分を高めようという動機になり、知ったかぶりは、自分を引き上げようという目標になるのです。お母さま方や先生方は、子どもが知ったかぶりをしても、どうぞ叱らないでやって下さい。叱ることは、子どもの面目をつぶすことになります。むしろ、逆に、「それはいいことに気がついたわね」、「大事なことを知っているねぇ」、「面白いので調べてごらん」と、大いに褒《ほ》めてやって下さい。子どものあこがれや好奇心は、末頼《すえたの》もしや、やがて豊かな果実を生み出す大事な萌芽なのです。

それにしても、南部先生の予言は、一九六一年のこと、小林・益川両先生の算出は、一九七三年のこと、下村先生のお仕事は、一九六二年のこと、それが四〇年、五〇年経って花開く、科学の研究とは、人生行路と同様、まことに息の長い仕事だと実感させられます。

（平成二一年一月七日発行）

天才もまた努力によって

時は一九二九年四月一二日、所は爛熟《らんじゅく》した近代文化が咲きほこるドイツの首都ベルリン、神童といわれたバイオリニスト、ユーディ・メニューインのデビュー演奏が終わり、なりやまない拍手の中、感動のあまり舞台に駆けあがったアルベルト・アインシュタインは、この一二歳の少年を抱きかかえて、こう叫んだという。「今日、君は、証明してくれた。天上に神が存在することを！」※と。

時は下って、ちょうど八〇年後の二〇〇九年六月七日、所はテキサス州フォートワース、正にそのシーンが繰り返されたといっていい。

ピアノの鍵盤をたたき続けているかのように、こきざみに指を動かし続けている二〇歳の辻井伸行君をたまらず抱きかかえた、既に白髪となった往年のピアニストのヴァン・クライバーン、伸行君に何と語りかけたのだろうか、ただ黙って抱きしめただけだったのだろうか。

辻井伸行君の出現は、やっぱり天才という人間がこの世の中には確かに存在するのだということをあらためて知らしめた出来事であったように思う。

勿論、天才とここでいうのは、伸行君が何の努力もせずに今日の栄冠を勝ち得たという意味では全くない。むしろ、驚きは、それとは正反対のところにある。私たちが伸行君に圧倒されるのは、彼の不屈の努力が彼の天賦の才能を引き出したということにある。殊《こと》に楽譜が使えない伸行君が自分の音を創り出すまでには、どれほどの努力を要したことだろう。人間の才能が、それが天の与えた才であったとしても、いつの場合にも、人間の努力によって引き出されるものであることを、これほどまで純粋に、これほどまで明瞭に私たちに教えてくれたことはなかったように思う。そして、何よりも彼のピアノが既に最高の水準に達していることを証《あかし》するものは、彼が奏《かな》でる輪郭鮮《あざ》やかな音色に耳を傾けていると、彼が盲目か否かということなど、全くどこかに消え去ってしまっているところにある。

「天才は芸術のための才能である」※※といったのは、あの大哲学者のカントであったが、誰にもはっきりと天才性というものを判《わか》らせてくれる分野は、カントがいう通り、何といっても芸術の分野がその最たるものかも知れない。もっとも、イチローも、全ての神々の世界《パンテオン》に連なる、そうした一人といえようが……。それもそのはず、彼の生きる世界はベースボールであるにしても、その妙技は、いつの場合にも、実に芸術的ではないか。

ご両親のお喜びは、如何ばかりであろう。お母さまが、わが子の音に対する鋭敏な感覚に気づいたのは、伸行君が八ヵ月の頃、ショパンの「英雄ポロネーズ」に合わせて身体で上手に調子をとり始めた時のことだそうだ。これがきっかけとなって、一歳五ヵ月の時に、ピアノのレッスンを受けさせ始め、その経験が、今ではすっかり有名になった、お母さまが台所で料理をしながら口ずさんでいた「ジングルベル」に合わせて、両手で卓上ピアノを弾き始めたという、あの二歳の時のエピソードにつながっていく。隣の部屋から聴こえてきた音を耳にした、その瞬間のことを想像するだけでも、私たちでさえ、得もいわれぬ思いに襲われてくる。

戦後の著名な哲学者・教育学者であったボルノーは、「成長を急がせることもなく、また適切な瞬間を逃がすこともなく、教育者は時間との調和のなかで生きなければならない※※※」といったが、この意味で伸行君のご母堂は、熟した時を直感出来る教育者でいらしたのであろう。

米ソ冷戦の激しい時代、第一回チャイコフスキー国際コンクールで、首相以下共産党政府要人が居並ぶ中、優勝し、大統領はじめアメリカ国民に熱狂的に迎えられたヴァン・クライバーン、一躍スーパーアイドルになったが、その後、あまりにも多忙な演奏生活、そして人々からチャイコフスキーのピアノ曲ばかりを要求され続けたあまり、一時期、極度の精神障害を起こしてしまっていたと聞いたことがあった。昔から、真実は、見るものでなく、聴き取るものだという。クライバーンを記念したコンクールでの優勝だけに、氏の経験に学びつつ、いわゆる名手《ヴィルトゥオーゾ》というよりも、むしろ伸行君ならではの内面の深みを表現出来る重厚なピアニストへと、急ぐことなく、ゆったりと育っていってほしいと思う。

さて、このニュースが流れた数日後のこと、帰宅すると、案の定、食堂のテーブルの上にディスクがおいてあった。佐渡裕の指揮によるベルリン・ドイツ交響楽団とジョイントしたラフマニノフのピアノ協奏曲《コンチェルト》第二番のＣＤと、その時の録音風景を撮ったＤＶＤ。

それにしても、革命から逃れ、独裁者スターリンの帰国要請を拒否し、亡命者として最期を異国でまっとうした物語性も働いて、故郷ロシアへの憧憬が結晶化したラフマニノフの音楽は、チャイコフスキーよりチャイコフスキー的で、何と甘美で、繊細なことか。

※アインシュタインの発言には、伝聞により若干の違いがあるが、本文では、(財)民主音楽協会編『ユーディー・メニューインの軌跡』を使用させて頂いた。
※※カント『判断力批判』篠田英雄訳、岩波書店。
※※※ボルノー『人間学的に見た教育学』浜田正秀訳、玉川大学出版部。なお、ボルノーの三つの重要著作の一つといわれる『練習の精神——教授法上の基本的経験への再考』が、今年六月、鎌倉女子大学学術研究所の出版助成を受け、九州大学名誉教授の岡本英明氏の監訳によって北樹出版から刊行された。

(平成二一年一〇月二六日発行)

「仰げば尊し」のこと

紀子先生から一枚のCDを頂きました。『仰げば尊しのすべて』、キング・レコードから発売されたものです。「仰げば尊し」を独唱、合唱、ピアノ、ギター、オーケストラとさまざまな形式で奏でたもので、大船キャンパスの前身の松竹大船撮影所で制作された木下恵介監督・高峰秀子さん主演の『二十四の瞳』の中で子どもたちに唄われたものも混じっていました。

カバージャケットに、櫻井雅人という一橋大学名誉教授の方が書いた「原曲譜発見と『仰げば尊し』誕生まで」という一文が入っていました。これまで作詞・作曲者不詳、「小学唱歌」とか「文部省唱歌」と総称されるだけでしたので、英語学・英米歌謡民謡論の専門家の手になるものでしたから、早速感心しながら読み始めてみて、初めてこの曲の出自《しゅつじ》を教えてもらいました。

その書き出しは、次のような文章で始まります。「『仰げば尊し』は謎の多い歌であった。というのは、『小学唱歌集第三編』（一八八四）に掲載された楽譜以外に情報が残されていなく、ほとんど何もわかっていない謎だらけの歌であった」。

私も、旋律は西洋音楽風ですし、恐らく明治になって洋楽に慣れ始めた、文部官僚を含む日本人が作曲したものか、「庭の千草」や「蛍の光」のようにアイルランド民謡やスコットランド民謡、あるいは讃美歌あたりを下敷きに制作されたものではないかと思っていました。でも、あんないい歌、誰が作ったのだろうと。

ただ、櫻井先生の丹念な調査によれば、そうした想像も根拠のないことが判然とし、ルーツについてはなお判《わか》らないまま一五年の歳月が流れたということです。近づいたり遠ざかったり、周辺を渉猟《しょうりょう》しながら辿り着いたのがW・O・パーキンズとH・S・パーキンズという兄弟が編集した『ソング・エコー』というアメリカの歌集。知らない曲ばかりが並んでいる中に〝The Hunters〟という曲を見つけ、これが本邦《ほんぽう》『小学唱歌集第三編』に収められていた「鷹狩」の原曲であることを確認したそうで、その経緯については、先生の文章をそのまま紹介しておきましょう。そこで、「この他にもここから採られた曲がありそうな予感がして、さらに見ていくと『ソング・フォア・ザ・クローズ・オブ・スクール』にとうとう出会うことができた。作詞はT・H・ブロズナン、作曲はH・N・Dによる四部合唱で、主旋律はフェルマータを含めて『仰げば尊し』とまったく同一である」。原曲の誕生は、一八七〇年（明治三）前後か。

ただ、本国でも超無名の曲で、作詞の方は、無論訳詞というわけではなく、敢《あ》えて似たところを探せば、三番の末尾にある〝Ah, tis a time for fond regrets, / When schoolmates say 'Good bye'.〟が「今こそわかれめ　いざ、らば」に当たるくらいなもので、作詞は、当時文部省の音楽取調掛員であった大槻文彦、加部厳夫《かべいずお》、里見義《ただし》の合議によって完成されたものでした。さすがに格調高く、大槻は、国語辞典の『言海《げんかい》』を編纂した人としても有名ですね。

「卒業式に唄う、他にこれ以上の歌はありません」とは、音楽学を専門とする紀子先生の言葉です。

私なども、卒業生の更なる研鑽と活躍を祈って唄い継がれてきたこの歌を、たとえ儒教的精神を背景にした時代性は感じさせても、式典には古色《こしょく》もあってよく、それもまた教育というもので、素直に唄い継いでいけばと思うわけですが、ただ最近この歌を唄うことについての批判があることを知りました。

聞けば、「仰げば尊し　我が師の恩」など子どもに報恩を押し付ける権威主義だ、そんなことをいえるほど自分は立派な教育をした覚えも自信もない、「身を立て　名をあげ」など普通を善《よ》しとしない、文字通りに地位と名声に価値をおく立身出世主義だと。最近の日本人は、何につけ随分と小賢《こさか》しくなったものだと思います。イギリス人が国王を讃美する「ゴッド・セイヴ・ザ・キング」を国歌とするからといって反民主的な国民だとも、フランス人が革命歌の「ラ・マルセイエーズ」を国歌とするからといって官民挙げて暴力行為を推奨する国民だとも思わないでしょうに。

それにしても、真剣に新しい国づくりに取り組んだ明治の人たちは偉かったと思いますね。明治維新後、法律、軍事の知識や技術の導入は元より、陸蒸気《おかじょうき》を走らせ、廃刀・断髪・洋服・洋食、そればかりでなく子どもたちの唄う歌まで洋楽をと、必要と思えるものは何でも学び取ろうとしました。近代政治や近代経済が成立するためには、ハードウェアとしての行政機構や選挙制度、生産装置や為替制度を整備するだけではなく、近代的に成熟した国民の精神性といったソフトウェアが今の時代も不可欠であるわけですが、当時の人々の健気《けなげ》な努力に本当に頭が下がる思いがします。

小学生には所々やや難しいと思える表現が混じっているとしても、やがてはこういうことに気づくことも出来るようになるわけで、子どもの成長を信じて、いろいろな機会に大事な種《たね》を蒔いておくことこそが教育のダイナミズムというものでしょうに。

（平成二八年三月三日発行）

夏休みの感想文――「シン・ゴジラ」を観に行きました

これまでゴジラ映画は、ハリウッド製も含めて何十作と作られたようですが、ほとんどまともに観たことはありませんでした。当然のことながら、話がもともと荒唐無稽なものですし、どれも全体に画面が暗い印象で、好きなタイプの映画とはいえなかったからです。

でも、この八月、ちょっと余裕が出来たので、評判の「シン・ゴジラ」を観に行きました。今回のゴジラの何が「シン」なのかは知りませんが、ゴジラ映画にしては画面は明るく、この怪物が龍踊《じゃおどり》の龍《りゅう》のようなコミカルな姿をとりながら成長し、辺《あた》りを破壊しながらあのよく知られたゴジラの完成体に変わっていくのですが、危機に対応しようとする内閣や自衛隊の動きが結構リアルに描かれるかと思えば、決断出来ないまま重要な局面を逸《いっ》してしまう首相や、生物だから守らなくてはと官邸前でデモをする自然保護団体などがシニカルに描かれていて、それなりに楽しんで観てきました。

CGを駆使した画面は、昔のプラモデルを並べ立てた特撮とは違ってさすがに迫力があり、映画そのものが、かつてとはまるで違ってしまったようです。これでは勢い作る方も観る方も、更なる刺激を、更なる刺激をと求めるようになるのも、むべなるかなと思いもしたところです。

映画といえば、かつてこの大船キャンパスは、松竹映画社の元大船撮影所。当時の様子を展示したコーナーも図書館棟に遺され、小津安二郎監督や原節子さんの「東京物語」や木下恵介監督や高峰秀子さんの「二十四の瞳」を初め、日本映画史上の名立たる作品を偲ぶことが出来ます。世界の映画作品のベスト・ワンに選ばれたこともある「東京物語」は、私たちの親の世代がリアルタイムで観たものですが、「二十四の瞳」は、小学生の頃、学校で観せてもらった記憶があります。二十四という数は、イエスさまの十二使徒がモデルでしょうか。美しい小豆島の風景をバックに「仰げば尊し」の歌声が印象的に流れ、女教師と子どもたちとの明るい師弟の交わりと、そのゆく末の何とも遣る瀬無い悲しい物語とを子ども心によく覚えています。

ところで、日独伊三国同盟前夜、来日したアーノルト・ファンク監督に見止《みと》められ、弱冠一六歳で日独合作映画「新しき土」の主役に抜擢、完成後ドイツ国民に熱狂的に迎えられた原さんが活躍したのも、この大船撮影所。ナチス政権の稀代の宣伝相ゲッベルスと談笑、そして名作を残したままの突然の引退と、伝説的な女優の名声をほしいままにしました。私にとって原節子さんは、全てが物語で、女優の範疇だけにおさまらない、有形か無形か知りませんが、文化財的別格存在なのです。

さて、よく世界最後の日に何を食べたいかなどといわれますと、一食だけでは足りないので、せめて三日九食程度の猶予を与えてほしいと思ったりもしますが、映画も、これ一作といわれますと、大いに困って、邦画三作、洋画三作、その他三篇ぐらいはいわせてもらわなくては。

そこで、邦画では「七人の侍」（監督／黒澤明、主演／三船敏郎、志村喬）、「魔女の宅急便」（監督／

宮崎駿、アニメーション）、「男はつらいよ　寅次郎相合い傘」（監督／山田洋次、主演／渥美清、浅丘ルリ子）。

洋画では「ドクトル・ジバゴ」（監督／デヴィッド・リーン、主演／オマー・シャリフ、ジュリー・クリスティー）、「昼下がりの情事」（監督／ビリー・ワイルダー、主演／ゲーリー・クーパー、オードリー・ヘップバーン）、「太陽がいっぱい」（監督／ルネ・クレマン、主演／アラン・ドロン、モーリス・ロネ）。

番外篇として「００７　ロシアより愛をこめて」（監督／テレンス・ヤング、主演／ショーン・コネリー、ダニエラ・ビアンキ）、「グラン・プリ」（監督／ジョン・フランケンハイマー、主演／ジェームズ・ガーナー、イヴ・モンタン、三船敏郎）、「ひまわり」（監督／ヴィットリオ・デ・シーカ、主演／マルチェロ・マストロヤンニ、ソフィア・ローレン）。これで九作品。すみません、もう一つ入れさせて下さい、「めぐり逢い」（監督／レオ・マッケーリー、主演／ケーリー・グラント、デボラ・カー）。

今の学生諸君は、どれも知らないものばかりでしょう。特に「めぐり逢い」など、携帯電話があったら、絶対に成立しない話ですので、便利になるということは、物語が消失するということかも知れません。ひょっとすると、恋愛小説が現代売れなくなった理由の一つも、この辺りにあるのかも。それは、人間にとって幸せなことなのか、不幸せなことなのか、ビミョーっていうことなのでしょうね。

（平成二八年一〇月二一日発行）

図書館「武藤光朗文庫」の開設

殊に戦後の思想史に関心のある人ならどなたもご存知の方だと思いますが、武藤光朗という哲学者・社会思想家がいらっしゃいました。武藤先生は、早稲田大学・中央大学等で教鞭をとるかたわら、蠟山政道、猪木正道、関嘉彦氏等と「民主社会主義研究会議」を創設し、蠟山氏に次いで第二代の議長に就任し、現実政治にも大きな影響を与えた方でした。

一九一四年、福島県にお生まれになり、左右田喜一郎の経済哲学に触発され、一橋大学に入学、生涯にわたり決定的な影響を受けることになるマックス・ウェーバーやカール・ヤスパースといった碩学たちの思想に魅惑されることになります。因みに、左右田喜一郎という方は、西田幾多郎の哲学

武藤光朗教授（1914 ～ 1998）
武藤光朗文庫　鎌倉女子大学図書館

の個性と規模を逸早く評価し、その哲学に初めて「西田哲学」と固有名詞を冠して呼ぶ意義を提唱した人としても有名です。

さて、武藤先生の学風は、哲学を仲間内だけで通用する趣味的世界に閉じ込めてしまったり、訓詁学的講壇哲学に満足してしまうのではなく、常に現実と格闘し、現実を変革しようとする、自分自身を賭《と》した実存的活動といったところにありましたが、それは、初めから先生の心情に深く根差したものということが出来るように思われます。そのような姿勢は、経済をめぐる現実世界への関心から哲学という学問に足を踏み入れたということからも容易に窺えることでしょう。

ビリー・ジョエルの「ストレンジャー」やキング・クリムゾンの「星のない暗闇」といった若者の支持を受けるロックミュージックにも、むしろ若者たちよりも早く注目し、彼等の感覚を議論の素材としながら現代人の精神と社会を解析しようとされたのも、そうした関心の向け方と通底するもののように思われます。

民主社会主義研究会議を興されたのも、特に日本の戦後が、戦前の右翼全体主義への反動から、スターリニズムやマオイズムさえ肯定するかのような左翼全体主義的風潮に侵食されてしまうことへの強い危機意識によるものでありました。東西の峻烈なイデオロギー対立や熱戦をすぐそこに想像させる冷戦の激化は、何といっても戦後世界を圧倒的に支配するものであったからです。左右のイデオロギーと鋭く対決して、自由な精神風土の中で培われる良識《コモンセンス》に基礎をおいた中道の歩みをこの国に育てようといったところに先生の政治姿勢はあり、その意味で冷戦以後の今日の政治状況の創出に思想的に貢献した先駆者の一人と評することも出来ようかと思います。

晩年にはインドシナ復興問題等にも取り組まれましたが、ご自身が生きる現実への関心と情熱は、最後まで変わることはありませんでした。

長身で、温雅なお顔立ちの、物静かなジェントルマンでいらっしゃいましたが、こと日本の行く末に関わることとなると、一党を率いるような豪腕政治家が卓をたたいて強圧しても、一歩も引かずに自説を貫き、説き伏せる、知識人の役割と責任を本当の意味で引き受ける方でありました。現実が立ちはだかると、「私はそのような俗事には関心をもたない高尚なアカデミッシャンです」と逃避的に判断中止《エポケー》を決め込むひ弱なインテリが多いわが国にあって、数少ない勇気ある知識人であったように思います。それでいて、ヤスパースの大著の翻訳の他、全三巻にわたる『経済哲学』、『例外者の社会思想』等々と、実存哲学・経済哲学・社会哲学の分野においてアカデミックな多くの著作を残した方でもありました。

私自身は、といえば、若い頃から目を掛けて頂き、まだ駆け出しの三〇代半ばの頃であったにも拘らず、私を信頼して下さり、国際会議のプランニングコミッティーの日本側委員に推挙して下さったのも、先生でしたし、拙著を上梓するごとに、一本を献上したり、また先生からもご本を頂戴したりと、そんなご縁もあり、この度ご遺族からのお申し出で、最後まで身の回りにおかれた蔵書を寄贈して頂いたものです。

蔵書内容は、先のウェーバーやヤスパース、エーリッヒ・フロム、ハーバート・マルクーゼといった二〇世紀を代表する思想家の原書、哲学、倫理学、社会・経済・政治思想といった和書を中心に約九〇〇〇冊にのぼります。

先生のご本は、特に新しい教育学科の教員諸氏や学生諸君にも活用されることになるでしょうし、図書館では、「武藤光朗文庫」として開設することになりましたので、関心のある方々は、手にとって見て頂ければ、先生もきっと喜んで下さるのではないかと思います。

（平成一九年一月一〇日発行）

横澤彪さんのこと

児童学部子ども心理学科の教授としてお勤め下さった横澤彪《たけし》さんが肺炎のため、この一月八日亡くなられました。元日に頂いた賀状には転居予定の記載もあり、お変わりなくお過ごしのことと思っていたところの突然の訃報でした。晩年の横澤さんを苦しめた悪性リンパ腫の進行によるものならば、さぞ厳しい毎日だったのではないかとも思われましたが、年末・年始とわりとお元気で、近所のお宮で大吉のおみくじを引き、「今年はいいや」とおっしゃっていたそうですから、七三歳、早過ぎるご逝去であるのはその通りとしても、それでもややホッとした気持ちにもなりました。

タモリ、ビートたけし、明石家さんまといった飛ぶ鳥を落とす勢いの当代の才人たちを初め多くのタレントを世に送り出し、名プロデューサーとしてテレビ界に燦然とした足跡を残されたことは、今さら私がここで紹介するまでもなく、連日にわたり報道されたところですが、朝日新聞の夕刊コラム「素粒子」は、横澤さんの名前を繰り返しながら、その才能を惜しみました。

横澤さんとの仲を取りもって下さったのは、元アエラの編集長で、現在J・キャスト代表取締役をお務めの蜷川真夫さんでした。東大時代の同級生であった蜷川さんに「自分は人生三段ロケットでいくんだ。第一段はフジテレビ、二段目は吉本興業、そして第三段は大学教授、それも女子大学の教授がいい、是非若い人たちと一緒に仕事をしたいんだ。でも、出来れば、お茶大とか、津田塾ではないところがいい、あっちの方は怖いからね」と、「それなら、僕の叔母が鎌倉女子大学の理事長をしているので紹介しようか」ということになったわけです。そんなわけで、平成一四年から二〇年まで、「メディア文化論」、「メディアクリエーション」、「ビジネスの心理学」などを担当して下さいました。

あれほどのインテリで、才能あふれる人なのに、いつも力がぬけた自然体で、その知性や実力を他人に殊《こと》さら披瀝するようなことは決してなさらない含羞《がんしゅう》の人とも、自分の力量をあからさまに露出するなどということは自分の知性が許さないといった抑制の人とも、むしろ奇妙な譬《たと》えに聞こえるかも知れませんが、大変な剣豪であるにも拘らず、才知にたけたユーモアで戦わずして相手を制してしまう、芸能界の塚原卜伝のような人であったのかも知れません。実際、そのお名前は、戦後芸能史に強く刻印されていくことでしょう。

「笑っていいとも」の司会者にと横澤さんが白羽の矢を向けたタモリが自分のサークルに集まる面々に求める姿勢は、「ヤル気のある者は去れ！」だそうですが、皮肉《アイロニー》と機知《エスプリ》を効《き》かせた笑いの中で事の本質を裏側からいい当てるその物言いは、彼ら天才たちのみに許され、彼ら天才たちのみがよくなし得る脱力の姿勢なのかも知れません。本当に難しいのは、悲劇を演じることなのか、喜劇を演じることなのか、私には判りませんが、はっきりしていることは、どちらも真剣勝負であろうということです。

優しい心配りが行き届いた方で、折に触れて必ずカサブランカの花を贈って下さいましたが、そんな時お礼を申し上げると、軽く手を振りながら、「いえ、ちょっと、いや、いや」という程度のご返事で、それが如何にも横澤彪という方でした。時折、プライベートに食事をする機会がありましたが、かつてそうした席で、「いや、足がパンパンに張ってしまって」とズボンをたくし上げて見せてくれましたが、それが横澤さんを苦しめることになったリンパ癌の前兆であったようです。外気から身を守るソフト帽は、その後の横澤さんのトレードマークになりましたが、ということは、相当緊張した健康管理を強いられていたことと察せられます。

ご退任の折、都心のとある料理屋で蜷川さんと私と家内でお礼方々横澤さんを囲んだのが直接お目に掛かった最後となってしまいました。お身体のことに話が及ぶと、「ちょっとね、ちょっと厳しいところもあるんですが、でもちゃんとお医者さんのいうことを聞いていれば、大丈夫なんですよ、ハ、ハ、ハ」と。でも、このさり気ない語り方は、横澤さんらしい病気との苦しい闘いの吐露であったのかも知れません。

すっかり恒例となったみどり祭の「よしもと　お笑い LIVE in 鎌倉」も、横澤さんの遺産です。来年もきっと学園祭で「よしもと　お笑い LIVE」が企画されることでしょう。

お通夜の席で奥さまが「楽しくお仕事をさせて頂きまして」とおっしゃって下さいました。蜷川さんは、「四段ロケットはまだ飛んでいる」とJ‐キャストニュースのコラムに書いておられました。

キャンパスで学生たちに囲まれながら、「今、メディアクリエーションの授業で、学生たちと鎌倉女子大学のコマーシャルフィルムを作っているんですよ」と、笑いながら近づいてこられる先生のお元気な姿が印象的です。

横澤彪先生のさまざまなお心遣いとお力添えに感謝しつつ、ご冥福をお祈りします。

（平成二三年三月八日発行）

呉清源《ごせいげん》さんの指　尚先生の言葉　そして新しい年

主に活躍した時代は、戦前から戦後にかけてのことであるから、ご存じの方は、もうそう多くはないと思う。もっとも、棋聖《きせい》とも称せられた人であるから、今でも囲碁の世界にあっては神さまのように尊敬されているのではないかとも想像する。それに、まだご存命でいらっしゃるのかも知れない。

昔、大叔父が呉清源さんから碁を教えてもらったということを聞いたことがあったが、祖母の話によると、大叔父は、内心そのことを相当自慢にしていたようである。確かに、「囲碁といえば、呉清源!」という程度には、その達人ぶりについては、幼い私にさえ伝説的な響きをもって聞こえてきたほどの棋士《きし》であった。

私が、呉清源さんの姿を見たのは、たった一度だけ、それも、呉さんの引退か何かを記念してNHKが制作したドキュメンタリー番組でのことである。もう、何十年も前のことなので、ほとんどのことは、おぼろげにしか覚えていないが、一つ印象深いことが今でも残っている。

囲碁は、相手の石を自分の石で囲むことによって陣地を獲得するという極めて簡単なルールに基づくゲームであるが、縦横一九本ずつの直線が交差して織りなす、計三六一の交点によって構成される盤面上には、白と黒の石を並べ合う局面に、三六一の階乗（361×360×・・・・×2×1）のおびただしいヴァリエーションが成り立ち得る。※これほど単純な原理に基づきながら、またこれほど複雑に構成されたゲームは、他にないであろう。

そこで、囲碁の上達のために大切となるのは、まずもってさまざまな定石《じょうせき》というものを覚えなくてはならないということになる。勉強でも稽古ごとでもそうであるが、基礎・基本が出来ていない者に本当の発展も展開も望めない道理というものだ。だから、呉さんは、小さい頃より、定石を記した分厚い手引書を片方の手におきながら、片方の手で石を並べ、疲れると、今度は反対の手に本をおきかえて、反対の手で石を打つというように、毎日毎日繰り返し繰り返し定石の修得に没頭したということである。しかし、それによって、呉さんの両手は、中指から小指にかけて外側にひどく反り曲がってしまうことになった。それを見て、私は、軽い驚きと感動を覚えたことがあった。一つの道に秀でる人の努力は、並大抵のことではない、自分は、一つのことに、これほど打ち込んで取り組んだことがあるだろうか。大きく湾曲《わんきょく》した呉さんの指のことを時々思い出すことがある。

囲碁については、留学時代に碁が好きな仲間が何人かいて、中には徹夜で囲碁に興じていた者もいたが、元々勝負ごとにあまり熱意がわかない私は、傍目八目《おかめはちもく》を決め込んで、遊び半分石の並べ方を教わった程度にしか過ごさなかった。

後年、尚先生を存じ上げるようになってからのこと、先生のところに遊びに伺うと、夕食を待つ間など、「さあ、碁をやろう」と誘われて、見様見真似で、しばしば碁盤を囲んだものだった。ところが、結局碁の基礎・基本が出来ていず、詰めの読み切れない私は、いいところまでいくのであるが、一手及ばず、先生に石を囲まれてしまうのだった。もっとも、囲碁というものは、相手にいいところまでいっていると思わせながら、一手先んじて相手の石を囲んで、自分の領地を拡張していくところにゲームの妙味があるようなので、いいところまでいっていると思うこと自体が、そもそも不覚千万のことではあるのだが。

先生は、笑いながら、よく「一光さんは、攻めるばかりで、守りがないと」といわれたものだった。「親父は、創業の難と戦った。でも、守成また難しだ」と常々語られた尚先生から見ると、前しか見ない直情果断な男という印象をもたれたのかも知れない。

だが、こうして学園経営に携わるようになって、丸一〇年が経ったが、何かの仕事に着手するたびに、その都度思い出すのは、尚先生の言葉である。「お前、守りは出来ているのだろうな」と。

平成の御世になって、二〇年が過ぎた。明けて新年は、平成二二年、私の鎌倉生活も、次の一〇年という第二周期に入っていくことになる。第一周期は、量的拡大が質的充実を牽引する時代であった。聞こえてくる新しい政権の教育政策は、私たちに引き続き量的拡大を迫ることになるのかも知れない。それは、まだ判らないが、仮に実施されても、いつでも対応出来るだけの準備はしておかなくてはなるまい。しかし、時代がどのように動くにせよ、第二周期は、教育において、研究において、環境においていっそうの質的充実を自律的に目指す時代にしなければならないと思う。

また新しい仕事が始まる予感がしている。しかし、創造の予感をもつたびに、私は、自分にいい聞かせることにしている。「お前、守りは出来ているのだろうな」と。

※三六一の階乗とは、理屈上想定されることであり、碁は、白黒双方の石をおかない場所が生じるので、実際上の局面は、この限りではない。

（平成二二年一月七日発行）

学園主・松本紀子先生の米寿をお祝いする会

学園の母として敬愛されている松本紀子先生の米寿をお祝いする会が、暖かな早春の建国記念の日のお昼時、ヨコハマ・グランド・インターコンチネンタル・ホテルで華やかな雰囲気の中に開催されました。

先生は、大正一三年、当時の紀元節の日に、東京帝国大学教授長井真琴博士・常子夫妻の四女として東京駒込で誕生され、この日二月一一日（土）、満八十八のお誕生日を迎えられました。紀子という名は、この祝日の名に由来するということです。

長井博士は、わが国の仏教学の先駆者で、その門下から文化勲章受章者を輩出するなど、後に斯界《しかい》をリードする多くの研究者が巣立っていきましたが、特にインドの古語（サンスクリット語、パーリ語）を得意とする方でした。戦前よりＮＨＫのパーリ語のラジオ講座を担当したり、戦後は本学で教鞭をとられたこともありました。松本講堂には博士の書を写したレリーフがかかげられ、また図書館には長井真琴文庫がおさめられています。

因みに、米寿の「寿」という言葉は、そのサンスクリットの「アーユス」の訳語として仏教と共に中国、そして日本へと流れ来《き》った言葉で、他のインド・ヨーロッパ語族には見ることが出来ない「永

松本紀子先生　ヨコハマ・グランド・インターコンチネンタル・ホテル

遠のいのち」という意味が、その一字の中に込められています。

当日は、田中慶秋衆議院議員、浅尾慶一郎衆議院議員、中村省司元神奈川県議会議長、他大学の学長先生方、ご友人の方々を初め、紀子先生が日頃親しく交際している学内外の関係者およそ一四〇名を超えるにぎやかな集まりでした。

本学理事（北海道文教大学理事長・学長）の鈴木武夫先生の発起人挨拶、誠之小学校から家政学院までの同窓生のテレビでおなじみ料理研究家の城戸崎愛様のお祝いの言葉、本学理事（清水建設代表取締役会長）の野村哲也先生の乾杯のご発声で始まった午餐会は、紀子先生の誕生から今に至るスライドショー、音楽科の先生方や紀子先生の生涯学習センター講座「音楽の森」に参加する方々による演奏や合唱、そして参加者の全員合唱と和やかに進み、紀子先生の甥で元朝日新聞

「アエラ」編集長の蜷川真夫様のお礼の挨拶、東京府立第二高等女学校時代以来の親友のお一人で、かつて本学の理事を務めて下さった大橋進元最高裁判所判事夫人の大橋左代子様の激励の言葉で結ばれました。

会をしめくくる頃、再びマイクをもたれた紀子先生から、東に大船キャンパス、西に観音さまを望めるご自宅から、今は亡き尚先生、ご両親、学祖夫妻、そして人生でめぐり逢った大切な方々を偲びながら毎日を送っていることが語られ、静かに歌い出された「遠き君を想ふ」の独唱に、参加者一同は、深い感動につつまれました。

夕日山に沈みて　黄昏せまる頃
ここに我独り立ち　遠き君を想ふ
そよ風は我が愛の　想ひでもたらしぬ
夕日山に沈めば　遠き君を想ふ

二月一一日以降も、旧府立第二高女、現東京都立竹早高等学校同窓会長として母校の卒業式での祝辞、国際ソロプチミストの会合、大学生への講演、幼稚部の卒園式や大学の卒業記念パーティーでのお話、そして大学卒業式・入学式への臨席、法人役員会への出席と、毎週のように学内外にわたって精力的な活動を続けておられます。

（平成二四年七月一一日発行）

「個性尊重」という言葉の錯覚

個性尊重という言葉ほど、戦後教育において誤解を受けた言葉もまたない。多くの学校は、自明のようにこの言葉を教育のモットーに掲げ、父母も教師もまた、当たり前のように自分は子どもの個性を尊重して子育てに当たっていることを語る。

しかし、その内容を聞き質してみると、驚くような個性尊重に出くわすこともある。「家《うち》の子どもは、お絵かきが好きなので、先生、算数は教えて頂かなくて結構です」などという言葉は、その最たるものといっていい。この言葉は、「家の子どもは、アイスクリームが好きなので、先生、根菜類は食べさせなくて結構です」という言葉と何ら変わりはない。それがいささか誇張に過ぎた事例としても、それを個性といって押し出す、これと五十歩百歩の言葉遣いは、戦後教育の中で頻繁に耳にする流行《はやり》言葉《ことば》である。

父母も教師も、疑いもなく人間には初めからアボカドのタネのような、個性という確たる核が存在しているかのように思い込んでいるが、それは、明らかに錯覚ではないのか。

確かに、多用な関心を有する子どもが、ある時絵画に人一倍の関心を示し、ある時理科の実験に人一倍の関心を示す、そのことは、大いにあり得ることである。無論、父母や教師は、子どもが示す、そうした関心の瞬間を見逃してはならないし、父母や教師は、そうした関心の芽生えを看取したら、これを大事に尊重し、伸ばす工夫も施さなくてはならない。しかし、そうした関心の表明が性急にその子の個性の表出と判断することは、大いなる錯覚である。

自分の個性というものを初めから解った上で人生を開始した人がいるとしたら、名乗り出てほしいものである。誰も自分の個性や自分の本当の力など知らない裡《うち》に人生を歩み始めているのが事実ではないか。むしろ、それまで知らなかったさまざまな知識や事柄や人々に出会い、あるいは自分とは異なるさまざまな感覚や思想に際会し、そうした経験を積む過程の中で、「ああ、自分は、こういう感じ方をする存在なのだ。こういう考え方をする人間なのだ」と、一歩一歩自分でも知らなかった自分の個性というものに気づくことになるのだし、自分の個性というものも形作られていくのだと思う。

人間が明らかに生物体である以上、この比喩は、あながち筋違いではなかろうと思い、ある生物学者が書いていたことをここで紹介してみたい。

「高等な生物は受精卵から発生する過程で、一つ一つの細胞が全く同じ遺伝子をもったままで、例えば眼は眼に、手は手に発達してゆきます。この過程を分化と呼びますが、全能的な可能性を次々に失っていって初めて調和のとれた一個の生体になるのです※」と。

この事実を人間の成長に重ねてみれば、こんな言い方も成り立ち得るのではないのか。例えば、私たちは、成長の過程の中で言葉を話し、文字を覚え、こうした言語能力の発達によって、動物とは全く異なる精神の圧倒的な表現領域を押し広げていくわけであるが、しかしこうした表現領域を獲得することによって、実は豊饒な身体的表現能力の可能性を取り落としているのかもしれない。しかし、逆もまた真なりで、そのようにして、その人固有の個性が形作られていくのである。ヘーゲルならば、それを如何にも難しく「形成と疎外の弁証法」と呼んだことだろう。そうであればこそ、子どもを身体表現の機会に触れさせてみることもまた尊いのである。

子どもというものは、どう大きく変貌するかも判らない。政治の世界でよく「大化《おおばけ》」という言葉を聞く。それまで小粒と思われた政治家が、ある職をこなすことによって大物に変身することの譬《たと》えである。教育によって大化《たいか》するのが人間なのである。大人の予断をもって、それを個性と性急に断定し、初めから子どもを小さく囲い込んでしまうほど愚かなことはない。食わず嫌いにさせてしまうのではなく、父母や教師の大きな庇護と配慮の中で、子どもにさまざまな可能性に果敢にチャレンジさせてみることこそ大切なことではないのか。

養老孟司氏が石原慎太郎氏との対談の中でこういうことをいっていた。※※

養老　昔の年寄りは「若い人は経験が足りない」とよく言っていました。ここでいう経験というのは、感覚に触れて覚えること、からだを使って覚えることでしょう。でも、今の親はそんなこと、夢にも思っていない。何も経験させない方が安全、ということになっている。夏は冷房、冬は暖房、外に出たら危ないから家でテレビゲームしてなさい、というのが本音でしょう。だから子供たちの感覚世界が痩せて、慢性的な経験不足に陥っている。

石原　いつからそうなってしまったんだろう。

養老　実は、私の世代からだと思っています。私は終戦時に小学校二年生で戦前教育も多少は知っていますが、基本的な教育は全部戦後教育です。　―中略―　私の世代の前と後で何が変わったか、それは、本当の意味での教育がなくなった、ということだと思うんです。たとえば、日本的な何かを教わろうとするときに大事なのは、お茶であれお能であれ、「師匠のやるとおりにやれ」という構えです。医学だってそうです。ところが、僕の世代がそれを習おうとしたときに「そんな教育は封建的だ。子どもにはそれぞれ個性があるんだから、それに合わせて教えなければ」となった。

でも、子どもの個性って、実はそんなものわかるわけないでしょう。

さて、読者は、この対論から何を読み取るのだろう。

※松香光夫「自然の尊重」『全人教育のてがかり』玉川大学出版部。
※※石原慎太郎／養老孟司対談「子どもは脳からおかしくなった」『文藝春秋』（二〇〇五年八月号）。

（平成一七年一〇月三一日発行）

「道理の感覚」を育てる教育

二冊の本を読みました。その二冊を読むことになったのは、全く偶然のことです。わが家の食堂のサイドテーブルの上に乱雑に積み重ねられている本の中で、息子でも買ったのか、たまたまこの二冊が半分ばかり顔を出していたので、何となく手にとったというだけに過ぎません。一つは、藤原正彦さんという数学者の書いた『国家の品格』という本です。もう一つは、茂木健一郎さんという科学者が書いた『脳と仮想』という本です。近頃評判になった本だけに、題名は、知っていたものですから、ならば読んでみようか、そう思って、ページをめくり始めたわけです。

この二つは、全く種類の異なる本なのですが、しかしある種の共通項があることにすぐに気づきました。著者のお二人共、数学や科学を勉強してきた、俗に理系の方にも拘らず、しかし共に、しきりに世の中は論理だけで成り立っているわけではないのだ、思考は合理だけで構成されているわけではないのだということを強調なさっているのです。無論、その議論の前提には、お二人が長らく勉強もし、尊重もしてきたであろう論理や合理ということの重要さを十分にわきまえた上のことではあるのですが。

藤原さんは、こういっています。論理だけでは世界は破綻する、論理的に正しいことはさほどのことではない、むしろその人の身体に刷り込まれている情緒というものの方が、人間や世界にとってははるかに大切なことなのだと。何故なら、論理には出発点が必要で、その出発点は、常に仮説であり、仮説を選び採るのは、論理的帰結からではなく、煎じ詰めれば、それを選び採る人の所詮は情緒に依存しているものだからです。ですから、邪悪な情緒に染まった人が選びとった仮説から論理的推論を重ねて、「邪悪は正義である」という客観的結論を導き出すことは、多少の論証力のある者なら、そう難しいことではないのです。その手の論理をもてあそぶ弁護士等は、しばしば見聞きするではありませんか。

他方、茂木さんは、如何にも脳科学者らしく、あらためて「感覚質《クオリア》」等という言葉に着目して、こういうことを強調しています。深い悲しみを通り越した時、その向こうに見えてくるもの、小さな歓びに没入した時、自らを包み込むもの、そのようなものが、自分の意識によって確かに捉えられているように感じられる、ニュートン以来の物理学のように、論理を構築して、機械仕掛けの世界を引き受けるのではなく、感じることによって世界を引き受ける、そういう道筋があるように思えるのだと。

現代に生きる私たちは、論理的・合理的言葉を聞かされ続けています。ライブ○○とか××ファンドとか、こういった人士は、こう公言してはばかりませんでした。「お金儲けして何が悪いのですか」、「皆さんだってお金好きでしょう」、「商法に則ってやって何で非難されなければならないのですか」、「私が儲け過ぎたからいけないのですか」。確かに、いわれてみれば、一つひとつの言葉には論理性もあれば、合理性もあります。貨幣それ自体が自立的な価値をもつ経済社会にあって、貨幣それ自体を目的にして生きて何が悪い、そういって倦むことない彼等の言葉に、一応道理に反したところはないようにも思えます。ニュールンベルクのマイスタージンガーは、「金《かね》は地上の神」と奔放に詠いましたが、現代のハンス・ザックスたちは、はるかに周到な論理を用意して、自分たちの振る舞いの合理性を声高に謳いあげます。

しかし、こういう言葉を耳にすると、私たちの心には、やはりどこか変だな、どこか違うなと感じるものがあります。藤原さんは、その感覚こそ、人間が真っ当に生き、世界が真っ当に成り立っていくためには大事なのですよといっているのです。茂木さんも、思考というものは合理的経験だけで成り立っているのではなく、感覚的経験こそが思考にリアリティーを与えている、その感覚というものを包み込まない思考というものは、実に底の浅いものなのですよといっているのです。

そこで、私は、かつてカント学者として一世を風靡し、吉田内閣の文部大臣を務めたこともある天野貞祐先生が「道理の感覚」といったことを思い浮かべました。

道理の感覚、なかなか含蓄に富んだ言葉のように思います。ただ、この言葉は、理屈っぽく説明すれば、多少矛盾を含んでいるところがあるのです。普通、道理を判断するのは、理知であり、感覚ではありません。普通、感覚は、好き嫌いを判断する能力です。ですから、まともに議論すると、曖昧模糊とした好き嫌い等に拘泥するものと蔑《さげす》まれ、感覚派は、大抵道理派に負けるのです。

しかし、道理を理屈としてではない、感覚として受け止めるというところに、天野先生の言葉の意図の妙味があるのです。一々理由を挙げなくても、正しいことをステキダナと感じる感覚、一々説明を受けなくても、間違っていることをイヤダナと感じる感覚、つまり道理を感じ取る感覚、昔の人がそれこそを「心」といったものなのですが、その素直な感覚を養うことがとても尊いように思われます。

多少荒っぽくいえば、論理や合理等というものは、大人になってからでも、特訓して、教え込むことが出来るものです。しかし、感覚は、幼い頃から長い時間をかけて次第次第に培う他ないものです。その母親の言葉遣い、他人への接し方、その母親が何に笑顔を向け、何に悲しげな顔を表すのか、その父親が何を正しいとし、何を遠ざけようとするのか、その家庭が何に重きをおいて生活し、その学校が何に重きをおいて教育しているのか、意図的な教育も元より大切なことですが、無言のうちにも道理の感覚が培われる教育的雰囲気の中で子どもたちが育まれることが、子ども自身の将来にとっても、私たちの社会の行く末にとっても、大変重要なことのように思えます。「道理の感覚（right feeling）」を育てる教育、そんな教育が今日しきりに求められているように思えてなりません。

（平成一八年一〇月三〇日発行）

ＩＱも大事だが、ＣＱ、ＰＱは、もっと大事！（中等部・高等部卒業式式辞より）

卒業生の皆さん、卒業おめでとうございます。

今日、卒業式を迎えるに当たり、この三年間、あるいは六年間、皆さんが毎日胸につけて生活した、このバッジ、今も胸につけているが、このバッジを、手で、こうして、もう一度さわってみて下さい。

このバッジは、松本千枝子先生によってデザインされたものですが、そこには、言うまでもなく、「綺麗な心」と「聡明な頭」と「健康な体」を意味する「鏡」と「勾玉《まがたま》」と「剣《つるぎ》」が刻まれていますね。学祖・生太先生は、鎌倉女子大学に学ぶ皆に、これに象徴される三つの徳、三つの力を身につけてほしいと願われました。

先生は、心は、「自分が、自分が」、と自分の要求ばかりを主張するのではない、人さまの立場にもいつも心配《こころくば》りが出来る「礼節」という徳をもたなければならないと言われました。殊に最近の日本人は、他人のことを批判し、攻撃することは、ホントに上手になりましたが、自分のことを振り返ってみる「慎みの心」をすっかりどこかに置き忘れてしまっているかのようです。これは、ホントに恐ろしいことだと思う。

また、頭は、「知恵」という徳をもたなくてはならないとおっしゃいました。いろいろものを知っていることは、無論いいことであります。でも、本当に知恵ある人は、ただ知識をもっているだけではない、それを使いこなすことの出来る人のことだと申します。知識だけもっていても、肝心なことが判らない人、肝心なことに使えない人は、本当に知恵ある人とはいえないでしょう。

そして、体は、「勇気」という徳をもたなければならないとおっしゃいました。そのために、君たちは、健康な体を鍛えなければなりません。体が萎《な》えてくると、気力も起こらなくなるものです。姿勢が悪くなると、段々段々うつむいて、先生方のお話も心に届かなくなる、それと同じように、体が疲れてくると、新しい課題に挑戦しようじゃないかという勇気も湧き起こってこないものです。

この三つの力を兼ね備えた人は、どこにいっても、人さまから喜ばれ、尊ばれることになるでしょう。その意味で、このバッジは、鎌倉女子大学に進学する皆さんの胸には勿論のこと、今日をもって本学を離れる皆さんの胸でも、これから先もずっと輝き続けていくものです。そのことを忘れずに、元気よく新しい世界に飛び出していって下さい。

ピューリッツァー賞を三度もとったトーマス・フリードマンというニューヨーク・タイムズのコラムニストが、ある文明批評書を書いています。※この本は、全米で二〇〇万部以上が売れ、二五ヵ国で出版が見込まれているということですが、彼は、その中でこういうことを言っておりました。何かの参考にでもなればと思い、そのことを紹介して、君たちへのボクの餞《はなむけ》の言葉としたいと思います。

これからの「世界では、ＩＱ（知能指数）も重要だが、ＣＱ（好奇心指数《キュリオシティ》）と、ＰＱ（熱意指数《パッション》）

がもっと大きな意味を持つ、と私は結論づけた。つまり、CQ+PQ>IQという方程式が成り立つ。ＩＱが高くても熱意のない子供ではだめだ。なぜなら、熱意と好奇心がある子供は、みずから学び、みずからやる気をかき立てるからだ」。

私は、このことはもっと簡単にこういいなおしてもいいと思います。「ハートに火がつけば、誰でもが大変な勉強家になり、単なる優等生が真似しても追いつかない、人生で立派な成果を産み出すものです」と。人が自らやる気をかき立てる時、自分でも驚くような力を発揮するものです。

ハートに火をつけるには、どうしたらよいか。それには、いろいろな方法があると思いますが、その最大の方法の一つは、環境の変化を活用することです。鎌倉女子大学に進学する人も別の道を選択する人も、四月から、折角新しい環境に身をおくことになるのですから、中学・高校時代、充実した生活を送ったと思う人は、「これを踏み台にして、もう一段飛躍しようじゃないか」と、いや、自分は少し力を出し切れなかった、やや不完全燃焼気味であったと思う人は、「リセットして、一から始めようじゃないか」と、環境の変化は、そういう心を呼び起こすチャンスを私たちに提供してくれるものです。本当ですよ、人生、これからやっと本格的に始まるのですもの。その意味で、卒業とは、新しい自分自身の創造へと、こう身構える時でもあります。

ご挨拶が最後になってしまいましたが、保護者の皆さまにおかれては勿論のこと、ご家族皆さま、お喜び一入のことと存じます。また、鎌倉女子大学を信頼して下さいまして、大切なご息女をお預け下さいまして、改めて心から感謝申し上げます。それと同時に、どうぞ末永い本学のよき理解者・支持者でいらして下さいますようお願い申し上げまして、私のお祝いのご挨拶といたします。今日は、本当におめでとうございます。

（平成二〇年五月九日発行）

※フリードマン『フラット化する世界』伏見威蕃訳、日本経済新聞社。

「子曰く、……」――素読《そどく》の教育のすすめ

ある日のわが家の夕食の時の話です。年老いた母が、ふと、こんなことを口にしました。

「私たちが学校に通っていた頃は、お弁当の時間に、『この食物が食膳に運ばれるまでには、幾多の人々の労力と神仏の加護によるものと感謝いたします。いただきます』、とクラスの皆でそう言って食べ始めたものだけど、今はそんなことなど、どこでもしないのだろうねぇ」。

「へぇ、いつの頃のこと」、と私は、応じました。

「そうねぇ、中等学校の時だったかしらね。尋常小学校の時は、二宮金次郎の銅像に挨拶をしてから、教室に入ったわね。でも、ああいう教育も、今思い出すと、なかなかいいものだったわ、大事なことが知らず知らずのうちに身についてね」、と母。

確かに、昔の教育は、あれこれの理由を教える前に、まずよいとされることを幼い頃から素直に声に出し、形に表し、実際に行ってみさせる教育でした。

ところが、人間が利口になったからなのでしょうか、最近では何事であれ、理由を説明してから教えることがいい教え方だといわれるようになりました。ですから、教えられる方も、多分賢くなったからなのでしょう、何事であれ、理由を聞き質《ただ》さないと、行動に移そうとしないといった風になりま

した。「何故、何々をしなくてはいけないのか」、「何故、何々をしてはいけないのか」と。

ですから、挙句の果てには、「何故、人を殺してはいけないのか」と、人殺しがいけない理由まで教えなければいけないといった昨今です。異様な殺人事件が頻発し、果ては親殺し子殺しと、それほどまでに世の中がすさんでしまったものですから、殺人がいけない理由まで教えておかなければならなくなったという、そこには皮肉な逆説があるのでしょう。

無論、闇雲に強制することがいいことだとは思いませんが、しかし自明の理を幼い頃から自然に悟らせるためにも、却《かえ》って理由の斟酌《しんしゃく》以前に、よいと思えることを実際に声に出し、形に表し、行ってみさせるといった教育のもつ大切さをもう一度考えなおしてもいいのではないかと思います。最近流行《はや》りの「何故、人を殺してはいけないのか」といった件《くだん》の問いだって、その議論をする以前に、そう問うこと自体が憚《はばか》られるほど恐ろしいことなのだ、罪深いことなのだといった諭し方もあるように思われます。

その昔、理由の説明なぞから入らない、しかし立派な教育がありました。その典型は、『仏典』や『論語』の素読の教育でありました。まだ小さい子どもたちが、机の前で姿勢を正し、大きな声で、「自ら仏《ほとけ》に帰依《きえ》したてまつる」とか、「子曰《しいわ》く、過《あやま》って改《あらた》めざる、是《これ》を過《あやまち》と謂《い》ふ」と唱和する、あの江戸時代の寺子屋風景に見られた教育の仕方です。

勿論、六歳七歳の幼い子どもに難しい釈尊や孔子の言葉、深い仏教や儒教の哲理が解るわけがありません。しかし、理屈なく声に出した言葉は、頭の中、心の中に、というよりも、むしろ体の中に、、、沁み込むもので、幼心に「仏さまを大切にしなくてはいけないのだな」、「間違っても、素直にゴメンナサイということが大切なのだな」、「先生の言うことは、大切なのだな」とは感じるもので、断片的であっても印象的な言葉は体の中に舞い降りて、大切にすべき物事に子どもの心を自然に向かわすようにするものなのです。

では、素読の教育で育った人に「何故」と問いかける学問的態度が身につかなかったかって……、そんな物言いは、物を知らない人の科白《せりふ》に過ぎません。

私は、明治の人の学識の凄《すご》みは幼い頃の素読の経験にあったように思います。森鷗外が『即興詩人』を原著を超える格調と誉れ高い雅文体《がぶんたい》で翻訳するかと思うと、他方で東洋の教養に通じた『寒山拾得《かんざんじっとく》』を著《あらわ》す、こうした例は、鷗外以外にも、紙幅《しふく》が許せば、あの人この人と指摘することが出来ますが、この事実を見る時、私たち現代人は、日本人が欧米文化に触れて間もない時代、西洋思想を勉強するだけでも大変なのに、何て東洋思想にも造詣《ぞうけい》が深いのだろうと驚くわけですが、そのわけの一つは、物心がつき始めた頃から仏書や漢籍を素読させられ、その素養を体に沁み込ませて育ったからで、私たちが思うよりも、彼らは案外それを容易《たやす》くなし得ていたのかも知れません。

何事であれ、家庭において、学校において、社会において、理屈なく、昔からよいといわれることから始めてみる、教育とは、本来そうしたものなので、素読の教育の成果は、そのことをよく物語っているように思います。

本学の教員の方ですが、「親に感謝する教育から始めよう」といってくれましたが、私は、大変いい提案だと思いました。このような具体的な徳目を掲げた教育を提案したり、私のように素読の教育のすすめなどというと、直ちに徳目主義の教育だ、復古主義の教育だ、もっと子どもの主体性を尊重しよう、子どもの判断力を信頼しようと声高に批判したがる教育学者がいるものですが、主体性や判断力の何たるかもよく解っていない、どこぞの三文《さんもん》教育学的理屈から始める教育は、どこか嘘の教育と心得ておかなければなりません。教育というものは、人類発生以来、人々の良識の中で立派に行われてきたのであり、ある時代から突然正しい教育が行われ始めたわけでないことは、あまりにも自明なことであるのですから。

（平成二一年三月六日発行）

ハーバード大学白熱教室――マイケル・サンデル教授の教材研究

「ハーバード大学白熱教室」、ＮＨＫのＢＳで放映され、評判になった番組ですので、読者の皆さんの中にも、ご覧になった方も多いと思います。これは、マイケル・サンデルという先生が担当する政治哲学の授業「Justice（正義）」を収録したものです。毎回一〇〇〇人を超える学生たちが集まる名物授業で、あまりの評判から、ハーバードが開学以来初めてテレビ公開に踏み切ったものだそうです。決して易《やさ》しい授業という印象はもちませんでしたが、その内容が本に仕立てられ、『これからの「正義」の話をしよう――いまを生き延びるための哲学』というタイトルで鬼澤忍氏の訳で早川書房から出版されたものですから、私も一読してみました。

サンデル教授の授業は、さまざまな事例を挙げながら、「どちらの考えが正しいのか」、「思想家たちはこういっているが、君ならどう考えるか」、「その理由は何か」、とたたみかけるように質問を発し、学生と議論を遣り取りするという手法です。ですから、無論学生にも、その議論についていくだけの忍耐力と思考力が要求されることになります。よい授業が先生と学生双方の努力に依存するものであることは、この場合も変わりはないということでしょう。「フロリダ州を襲ったハリケーンが通り過ぎた後、家財を失った人々の弱みにつけ込む便乗値上げを禁止する法案を支持する州司法長官の意見と、反対に便乗値上げは感情的には強い反発を招くものであっても、経済学的には至極《しごく》当然なことで、価格は需要と供給の間で決定されるものであり、公正な価格などというものは存在しないのだという経済学者の意見がある。便乗値上げ禁止法案に反対する人々は、こういっている。他人がほしがる品物を提供し、社会の幸福を増大させるのが市場の役目であり、個人の自由を尊重し、取り引き対象となる品物の価格を各人に自由につけさせるのが市場の機能ではないか。これに対して、法案を支持する人々は、こういっている。苦境に陥っている時に請求される破格の値段が社会全体の幸福の実現に資《し》することにはならないし、ハリケーンから避難する人々が仕方なく支払うガソリン代や宿泊費はとても自由な取り引きとはいえないではないか。さて、どちらが正しいのだろう」。教授は、そう問題を提起し、学生たちにどちらが正しいのか、その訳《わけ》は何か、と考えさせた上、更にこう問いかけるのです。「いや、この問題は、どうも幸福とか自由とかに関わる問題だけではなさそうだ、人々がどう振る舞うべきかという、よい社会を作るための土台になくてはならない個人の美徳にも関わる問題ではないのか。しかし、何が美徳で、何が悪徳かを判断するのは、特に多民族国家であるアメリカでは慎重でなければならず、殊《こと》に法律や政府が介入すべき事柄ではないはずである、君たちはどう思うか」。そして、教授は、こうとりまとめます。「この問題は、幸福の実現とは何か（功利主義）、自由の尊重とは何か（自由主義）、美徳の促進とは何か（道徳主義）、を問うだけでなく、これらをどう調停するかという正義の問題に帰着することになる。とすれば、古代ギリシアのアリストテレスから現代アメリカのジョン・ロールズまでの、西洋の主だった政治哲学を解き明かすことにつながっていくのだ」。いや、むしろサンデル教授の目的は、さまざまな政治哲学を説明したいがために、このような事例をもち出し、具体的にイメージさせながら、知識を授けると同時に、併《あわ》せて論証の方法を訓練しようとするところにあるようなのです。

教授は、タリバン掃討作戦中出くわした民間人とおぼしき山羊飼《やぎか》いを殺さなかったばかりに、敵に密告され、結果として三人の戦友と救出のヘリコプター部隊一六人を失うことになった米海軍特殊部隊の兵士の判断の是非、商業的な代理出産を合法化したインドの町アナンドにいる、先進諸国の不妊夫婦のために身ごもる女性たちの存在、即ち妊娠のグローバルな外部委託《アウトソーシング》のもたらす矛盾、こういった事例を引きながら、法律は如何にあるべきか、社会は如何に組み立てられるべきか、道徳は如何に機能すべきか、そして正義とは何か、と問い詰めていくのです。

無論、授業の進め方は、各自のスタイルがあっていいでしょうし、氏の方法がベストとも思いません。授業とは、本来そうしたものです。しかし、私が感心するのは、一つの授業を担当するために、常にアンテナを張りめぐらし、時々刻々世界で起こる事象を収集し、それと授業の主題である政治哲学を切り結び、自ら考えさせながら、学生たちを導いていこうとする姿勢です。何といっても、教材研究に費《つい》やされているであろう圧倒的な時間の質量に敬服する他ありません。そうした姿勢は、幼稚部から大学院までの全ての授業担当者に通ずることで、私たち教員が少しでも見習うことの出来るものだと思いました。

※「　」は、正確な引用文ではなく、筆者がサンデル氏の発言の趣旨をとりまとめたもの。

（平成二二年一〇月二二日発行）

インターネットによる授業配信に向けて

この度、学校法人鎌倉女子大学と株式会社ジェイ・キャストは、鎌倉女子大学の教授スタッフが提供する授業を、同社が先生方の監修の下にWEBコンテンツとして制作し、その傘下の「J-CASTニュースサイト（http://www.j-cast.com/）」を通じて定期的に配信する事業を行っていくことで合意しました。この事業を行う目的は、月間アクセス件数七〇〇〇万件を超えるJ-CASTニュースサイトを通じて本学の先生方の授業を不特定多数の閲覧ユーザーに供することによって、広く社会に鎌倉女子大学の教育研究資源を還元し、併《あわ》せて本学並びに先生方の活動やタレントを紹介しようとするものです。「ミニッツ・シンキング――知識のピースを集めよう」という総合タイトルの下に、今秋から掲載される第一期のラインアップは、次の通りです。

市原幸文教授「朝ごはん食べた？――今日も元気に時間栄養学のススメ」
廣田昭久教授「ドキドキ・科学捜査――ウソと心と身体の関係」
白川佳子准教授「ピカソも脱帽！――子どもと絵とのすてきなかかわり」
木下博勝教授「自分品質改善プロジェクト――めざせ『もっと快適』」

保坂和彦准教授「わたしに近いあなたへ——本当のチンパンジーに出会う」
吉田啓子教授「ヨク・ミテ・カッテ——クイズで磨こう食の選択眼」　（掲載順）

第二期以降も、魅力的なWEBコンテンツの掲載が準備されています。内容は、各担当の先生方が得意とする分野から興味深いテーマを選び出し、これにイラストレーションの衣装を施《ほどこ》し、誰にでも解りやすく解説し、閲覧に供しようというものです。閲覧ユーザーは、このWEBコンテンツを画面上で追いかけながら、ややゲーム感覚で質問に応答しながら自分の認識を振り返ってみたり、立ち止まって考えながら新しい知識を修得してみたりと、自然に一定の知的成果を収穫出来る仕組みになっています。こんな学問への接近の仕方も、そろそろあってもいいのではないでしょうか。

欧米語の「学問」を意味する言葉は、一般に「○○logy《ロジー》（○○学）」といわれるわけですが、これらは皆、ギリシア語を語源としているからで、「psyche《プシュケー》（息、魂、心）」を対象とする学問が「psychology《サイコロジー》（心理学）」、「techné《テクネー》（力、技、術）」を対象とする学問が「technology《テクノロジー》（工学）」というように。さて、この「学問」を意味する当の「ロジー」も、同じギリシア語の「legein《レゲイン》（拾い集める）」という動詞に由来する言葉で、つまりは学問とは、言葉の成り立ちからしても、古来さまざまな情報を拾い集めることを発端とする活動ということなのです。そうであるならば、学問へのきっかけも、そう厳《いかめ》しく構《かま》える必要もなく、その手段が「歩き回ろう」と、「聞き回ろう」と、「ページをめくろう」と、今日では「キーボードをたたこう」と、何であれ、まずもっては知識のピースを拾い集めることから始めてみればいいわけではないですか。

一九八〇年代以降、情報革命の時代が到来したとは、随分以前からいわれているわけですが、殊に九〇年代に入ってから、情報検索のツールは飛躍的に進歩しました。一九九五年には Yahoo が、続いて九八年には Google がアメリカのスタンフォード大学の学生たちによって立ち上げられ、瞬《また》く間に世界的なインターネットの情報検索サイトとして成長を遂げていったことは、その象徴といっていいでしょう。今日、何らかの事業を展開する機関は、ホームページを整備するのもまた当然のこととなり、誰でもが、何処からでも、関心のある情報に瞬時にアクセス出来るようになりました。それは、不特定多数の人々を一つの情報に結集させるということでもあり、トーマス・フリードマン風にいえば、丸い地球が裏側を失って、同じ情報の下に「フラット化」したということでもありましょう。ですから、それを政治的に利用しようとすれば、アラブ諸国で伝播《でんぱ》したジャスミン革命ともなるわけです。

昔から全ての技術というものは、文字通り「両刃の剣」といわれるものですし、いつの時代でも新技術の登場は、懐疑的な目で見られるものですが、私たちは、新技術というものに拒否的になる前に、次々に起こる技術革新が時代の趨勢《すうせい》である以上、先ずは肯定的に受け止めてみる必要があるように思います。このインターネットにも思わぬ落とし穴が潜んでいることもあるわけですが、しかしそのことを自覚した上でなお、私は、こう思います。この情報獲得のツールは、しばらくの間は、新聞・テレビといった第一メディアに対して第二メディアの地位に甘んじるのかも知れませんが、実際この第一メディアの権威性は、ツールとしても、カルチャーとしても、崩れつつあり、人々がこの第二メディアに親和性を感じ始めれば、やがてはこれに代わって、今後時代を支配していくこと必定といえましょう。そうであるならば、これを教育にそろそろ試行してみる価値は十分あるように思うのです。

（平成二三年一〇月二八日発行）

産学連携プログラムから見えてくる学問の可能性

神奈川経済同友会が主催する「神奈川産学チャレンジプログラム」が、今年で八回を数えます。この企画の趣旨は、同友会に加盟する企業と県下の大学が協同して課題・解決型研究のコンペティションを実施し、創造的に仕事と取り組むことの出来る人材を育成しようということにあります。回を重ねるごとに成長し、今年は、二八企業が三六テーマを提示し、これに対し、一六の国公私立大学、二二〇チーム、延べ七二八名の学生たちが参加、思い思い工夫をこらした解決策を提案したということです。

本学は、第五回から参加し、これまでも家政学部の武井安彦教授ゼミナールの学生諸君が優秀賞を受賞したことがありましたが、今年は、同じ学部の徳橋敬一教授ゼミナールの学生諸君が「最優秀賞」を、しかも二年連続して受賞してくれました。

徳橋チームが手がけた今年のテーマは、京急ビルマネジメントが出題した「鉄道高架下のイメージを変え、利用したくなるような施設の提案」といったもので、具体的には京浜急行「三浦海岸駅」の遊休地となっている高架下を甦《よみがえ》らせようとするものです。

企業側の要望は、①三浦海岸駅は土地柄からしてどうしても賑《にぎ》わいが夏期のみに集中する傾向があり、年間を通しての収益性において難がある、②従って集客力の高い空間を設《しつら》え、年間にわたる経済効率を高めると同時に、③殺風景な空地に代わる好ましい空間を駅周辺に創出し、④周辺地域の活性化につなげたいというところにあったようです。

そこで、徳橋チームは、提案の前提としてさまざまな調査をくまなく繰り返しました。①まず桜木町、鶴見、新橋、有楽町、秋葉原、千葉、町田、南太田、黄金町といった既に活用されている主だった場所の特徴の調査、②海岸駅周辺五〇〇メートル圏内の店舗・住宅・環境の調査、③時間帯によって異なる乗降客の傾向の調査、④騒音の調査、⑤特産品を活用すれば、店舗内で販売する物品の価格を安価に抑えられると考え、三崎港から水揚げされる水産物や三浦半島の農産物の活用の検討。

こうした調査・分析を前提に、徳橋チームが提案したのは、次のようなプランニングでした。①まず利用者が思わず入ってみたくなるような三浦らしい海のイメージの導入ゾーンの形成、②三浦半島にちなんだ店舗群の構想、③光と風と水と魚をテーマに母親や子どもが自由に遊べるコミュニティー広場の設置、④そこではコンサートが開かれ、水族館があり、ナマコにさわれ、マグロの解体ショーも行われ、足湯も出来、昼は家族連れが多いところからカフェが、夜は仕事帰りのサラリーマンが多いところからバーに衣替えと。

更に、このチームの手堅さは、初期投資、人件費、運営費、広告費、八年での黒字転換といった、計画の裏づけに欠かせない収支についての経済的分析を怠らないことです。

私は、徳橋チームのプレゼンテーションを聞きながら、女子大学ならではの学風の可能性を感じました。やや大仰《おおぎょう》にいえば、これまで本格的に議論されてきたとは言い難い学問の可能性と言い換えても構いません。

と申しますのは、長らく近代の学問は、冷ややかな理性の物差しに合わせて現実を理解することを建て前としてきました。その模範的なものがデカルトという数学者の採《と》った方法で、彼は、現実を数量的に理解する方法を愛好しました。確かにこの方法は、極めて正確無比な物の見方ではありましたが、しかし逆に私たちが生きる最も具体的な生活世界の現実がこの数量化の網の目からこぼれ落ちていってしまうという弱点を抱えもっていました。人によって感じ方の異なる場の雰囲気などは、数量化の網の目にひっかからない特徴的なものでしょう。

恐らく今回のような研究は、むしろ女性らしい感性に基づいて在るがままの現実を理解しようとしなければ、模範解答は書けないように思われます。入口はこんなイメージがいい、こんな色彩や形態だと人が入りやすい、あそこの高架下は暗く治安に不安な印象を与えていたが、私たちは統一的な照明に配慮して管理がゆきとどいている印象を与えたい、こんなお店の配列だと楽しくショッピングが流れていく、このくらい歩くと子どもは飲み物を欲しがり、お母さんは買い物にも疲れてくるだろう、それならこの辺りにお楽しみ広場やカフェがなければ、夜の乗降客の傾向を考えるとバーがあってもよさそうだ。こうした生活世界の分析や創出は、単に経済学によるものでも、社会学、建築学によるものでもなく、そうした合理的な学問の網の目からこぼれ落ちてしまう非合理性も含んで成り立つ現実をきめ細やかに掬《すく》いあげる学問でなくてはならないはずです。それは、合理性ばかりで造り上げられた空間が却《かえ》って生きづらいことを見ても、解ることでしょう。ですから、生活世界に対する明敏な感覚を基調とした学問が必要となるのであり、学問が理性ばかりに基づくものと考えたのは、近代の錯覚だったのかも知れません。勿論、徳橋チームが実際活用したようなさまざまな計量科学の恩恵にも浴さなくてはならないわけですが、学問史の中で置き忘れられてきた感性を通じて世界を解き明かす生活学が本格的に構想されていかなければならないように私には思えてくるわけです。

（平成二四年三月二日発行）

女性と文化

今年度から、大学の教養系の科目群の中に「女性と文化」という新しい授業が設定されました。この授業の内容が、「シラバス（講義要項）」の中には、こう謳われています。

「日本文化の基底に『女性』性があると言われるが、『女性』性がいかなる意味・役割を担ってきたのかを、日本の思想・文化の歴史、また諸外国との比較のうちに考える。一、日本文化において、女性の担ってきた意味・役割を理解する。二、日本文化において、女性がどうとらえられ、描かれてきたかを理解する。三、女性と教育・死生・家族・仕事など、諸外国との比較のうちに理解する」。

授業の形式は、日本倫理思想史、日本文学、比較文化論、宗教社会学、死生学と、それぞれ専門を異にする教授陣が持ち回りで担当するオムニバス。

まず歴史学的視点から、「日本文化と女性」をテーマに、イザナギ、イザナミ、アマテラスなどを素材としながら考える古代・神話篇、源氏物語などを素材としながら考える中世・王朝篇、近松浄瑠璃などを素材としながら考える近世・江戸篇、与謝野晶子などを素材としながら考える近代・明治・大正篇、向田邦子などを素材としながら考える現代・昭和・平成篇が。

こうした過去への洞察を踏まえた後、故《ふる》きを温《たず》ねて新しきを知る、次に宗教学・社会学的視点から、現代的問題意識を基調としながら、「女性と生死」、「女性と家族」、「女性と仕事」をテーマに、女性が人生や教育や労働とどう向き合ってきたか、また向き合っていくかといった問題が。

比較文化論的視点から、米国を初め欧州諸国との、女性と文化をめぐる、我が国の傾向との相違や対比といった国際比較が。

少しユニークな視点から、説話や能楽、また昨今の歌謡曲などを素材としながら、「男は女をどう見てきたか」、「女は男をどう見てきたか」といった日本人の心情の底に流れている男女の関係性が。

シラバスには、評論家の鶴見俊輔氏の面白い言葉が紹介されていました。昭和二〇年八月一五日、「敗戦当夜、食事をする気力もなくなった男性は多くいた。しかし夕食をととのえない女性がいただろうか。他の日と同じく、女性は食事をととのえた」。この発言を我が家で口にしたところ、家内が即座に「当然よ」と反応しましたが、それは、どこか観念によって自分を支えようとする男にはない、しっかりと生活の中に身を降ろした女の人の構《かま》えと看《み》て取ることも出来るのかも知れません。

そして最後は、担当者全員によるパネルディスカッション「女性と文化を対話する」が。

このようなさまざまな方向から重ねられた議論を通じて、「文化創造の主体としての女性」の存在や活動を見とどけようという、女子大学ならではの講座といっていいでしょう。

安倍内閣の「成長戦略」の一環として、内閣府が取りまとめた「我が国の若者・女性活躍推進のための提言」でも、こう強調されています。「成長戦略の中核として『女性』を位置付け、女性の中に眠る高い能力を十二分に開化させ、その力を発揮していくことが、我が国の経済社会や地域社会の再生・活性化に大きく貢献すると期待される」。

そこで私の感想ですが、この授業においても提言においても求められているものは、あくまでも「女性の中にある可能性」を問うことにあるのであって、女性の女性性を捨て去って、男性と等質の性として生きることを勧める古い近代主義的なジェンダー論ではどうもなさそうです。人間が具体的に抱えもつ諸要素を振るい落として、無色透明の蒸留されたoneと見る近代の模範的な人間観が、その実体もよく理解されないまま、未だに普遍化されることが多いわけですが、それでは不勉強の誹《そし》りは免《まぬが》れず、これからの多様化した時代は、こうした前世紀的な発想ではとても乗り切れそうもありません。

エドマンド・バーク以来、ジョン・アクトンに連なるイギリスの良質な自由主義の伝統を継承するフリードリヒ・フォン・ハイエクは、人間というものを、次のように捉えるべきものだといっています。人間は、社会の中に存在することによって初めて自分の本質も性格も定められる存在であり、現実の人間が抱えもつこうした諸要素を歴史のスリコミと称して、エシャロットの皮でもむくように剥奪していけば、人間などはどこかに雲散霧消してしまうことだろうと。※水を蒸留していけば、やがては気化し、消えて無くなってしまいますが、人間も変わりはないということです。

※参照：ハイエク『個人主義と経済秩序』（全集／第三巻）嘉治元郎・嘉治佐代訳、春秋社。

（平成二五年七月九日発行）

女子大学―女子会論

これは、私のやや印象に近い、あるいは思い込みに類するような感じもするものですから、このような場所でお話ししていいものかどうか、ちょっと迷いもするのですが、しかし最近時々目にし、耳にするので、何となく気になるものですから、話題にしてみようかと思ったわけです。「女子会」という言葉です。「男子会」という言葉は、あまり聞いたことがない。

イギリス辺りには、女人禁制のメンバーズクラブなどがあって、昔マーガレット・サッチャーさんが首相時代入りたがったことがあったけれど、遂に入会は許されなかったといったような記事を読んだことがありました。「鉄の女」と呼ばれたサッチャーさんの面目躍如たる逸話ですが、それは兎も角、日本では、「男子会」は聞きませんが、「女子会」は、年齢層に関わりなく、またどこであっても、それが高校生のサークルでも、会社の飲み会でも、中高年のテニスクラブでも、あるいは介護老人ホームでも、楽しく催され、女子の方々は老若皆、楽しそうに和気藹々元気がいいわけです。先日、出張先のホテルのエレヴェーターに、「女子会の理想を叶えます――気兼ねなく話せる友人たちとのイタリアン・ランチ」という広告が貼ってありました。どうも、男は女性を入れて盛り上がり、女性は男を排除して盛り上がる、そんな気さえするわけです。

よくいわれることですが、年老いて妻に先立たれると、夫はもう力が抜けて、パタパタと自分もダメになっていってしまう。これに対して、夫を亡くした後、大丈夫かなと思っている夫人でも、意外と、というよりも却って元気になり、人生のギアチェンジをして、サークルだ、旅行だ、市民講座だと、楽しそうにエンジョイしているわけです。ちょっと面白い現象だなと思うんですね。かつて、シモーヌ・ド・ボーヴォワールは、女性を「第二の性」などといって、かなりコンプレックスに満ちた議論を展開したことがありましたが、もっとも時代が時代だったという言い方も出来るのでしょう。しかし、女性論を社会学的文脈だけで考えるのは、実はあまり稔りをもたらす議論とは思えず、女性の力、可能性ということに着目していくと、本当に自立的なのは、いざとなると女性なのではないかとさえ思えるわけです。

女性として勇躍生きようとした与謝野晶子が女性の依頼主義・寄生主義を嫌悪したように、昔から女性は、夫に養ってもらうのだから、自立的に生きられないといったような文脈で語られがちなところがあるものですが、しかし本当にそうであるのか。むしろ、女性を入れて盛り上がる、伴侶を亡くすと力を無くす、場合によると亭主関白などという心理及び振る舞いは、よく振り返ってみると、典型的な女性依存症の裏返しと見えなくもありません。

確かに、女性は、同性同士で行動すると、いっそう力が発揮されるようなんですね。大竹文雄さんという経済学者の方が『競争と公平感——市場経済の本当のメリット』という本の中で興味深い実験結果を紹介していました。私も面白いと思ったので、調べてみたのですが、それは、オーストラリア国立大学の教授グループがやったという実験でして、「The Role of Single-Sex Education（男女別学の教育の役割）」という副題のついた「Gender Differences in Competition（競争における性差）」や、「Do Single-Sex Environments Affect their Development?（男女別環境は彼等の発達に影響を及ぼすのか？）」という副題のついた「Gender Differences in Risk Aversion（性差によってリスクを嫌うことの違い）」という報告書として発表されているものなのです。

これによれば、要するに同性同士で構成される学校での女子の行動の仕方と、異性混合で構成される学校での女子の行動の仕方を比較してみると、女子校の女子は、共学の女子よりも競争的成果を選ぶ傾向がある、つまり特に女性の場合、同性間の競争の方が切磋琢磨する度合いが高いということなのです。共学では、どうしても性別役割分担の意識から、お互いに遠慮がちになるのかも知れませんね。ということは、女子大学のような同性同士で構成される社会を人為的に仮構し、その中での切磋琢磨を図らせた方が、通常の現実社会で生活する人たちとはまた違った能力の開発に資することになるのではないかと想像されるわけです。とすると、女子大学に学ぶ人たちは、共学大学に学ぶ人たちよりも、複合的な社会経験、つまりは文化経験をしていることになるのではないでしょうか。こうしてみると、あながち私の「女子大学―女子会論」も、そう突飛な印象とばかりいえないようにも思えてくるわけです。

（平成二六年三月五日発行）

ある卒業生の修養日誌

新しい年を迎えるということは、裏を返せば、その分だけ年をとっていくということですから、元気なうちでなければ出来ない身のまわりの整理を少しずつ始めようという気分になってきました。若い時分からお世話になった書籍の類は、膨大なものになっているものですから、この際残したいものは残し、もう読むこともないだろうと思うものは、そろそろ処分したいと。

それに刺激されて家内も、自分の本棚を整理し始め、私の家内は、初等部の卒業生であるものですから、そんな中からもう半世紀も前に毎日書き留めた「修養日誌」が何冊も出てきました。装丁は、今のものとほとんど変わらず、私も息子も興味をもって眺めながら、当時の記録を、時に笑いながら、時に感心しながら、夕食後の一時を過ごしたわけです。

日誌の中には、西ドイツ（当時）のリュプケ大統領が鎌倉を訪れたこと、鶴見事故当日のこと、ケネディー大統領が暗殺されたこと、石原裕次郎、デール・ロバートソン主演の「ある兵士の賭け」のモデルになったジョン・O・アーン少佐が自宅を訪ねたこと、そういった歴史的出来事も見受けられます。

ある日の日誌には、こうあります。「家へ帰ってからしばらくしたら、パパがかえっていらっしゃ

昭和30年代の修養日誌

いました。やはりねつが『七ど八ぶ』ちょっとありました。それから足をもんでから、べんきょうしました」。また、ある日の日誌には、こうあります。「今日も朝コー茶にはちみつを入れたら又黒っぽい色にかわりました。ちょっとふしぎです。おしえてください」。

　これに、担任の先生が赤ペンで誤字を直し、必要に応じ仮名を漢字に替え、ルビまでふって、丁寧な感想を書いておられるわけです。「親孝行をしましたね。大事にして上げましょうね」。「大学の方で食品の中に何がふくまれているか分かる分析表《ぶんせきひょう》で調べていただきましたら、他のさとうと比べてはちみつは鉄分が八倍位多いので、紅茶にふくまれているタンニンというものとはちみつの鉄分が化合《かごう》してタンニン鉄ができるからではないかということが分かりましたが、まだ実験をして確かめていないのではっきりはわかりません。そのうち時間をつくってしらべてみましょう」。

私や息子でさえ、ある種の感慨に耽《ふけ》ったわけですから、五〇年ぶりに目を通した家内にとっては、感慨一入のものがあったことでしょう。

本学では、その伝統が今に絶えることなく続いているわけです。伝統というものは、それが学校の伝統であれ、民族の伝統であれ、どのような規模の伝統であっても、ＤＮＡのように自然に受け継がれていくものでは決してなく、多くの人々が意図的・意識的に伝えていこうと努力しなければ、絶対に継続してはいかないものです。

毎日修養日誌をつけている児童・生徒の努力は、相当なものでしょうし、また丹念に目を通し、コメントをつけて下さる先生方のご苦労も、相当なものでしょう。

修養日誌は、毎日の反省や感想、あるいは出来事が綴られたり、一日一善の決意が述べられたり、自分の夢や思いが語られたりと、自ずと豊かな表現力の形成や厳しい自己対象化にも資するものとは思ってきましたが、ただそれだけでなく、五〇年後自分の家族と一緒に記憶の彼方に置き忘れていた思い出を呼び起こし、当時の自分の生活環境や心象風景をリアルに再現し、そこに重ね合わせて、ある人は今の時代を読み取ることもあるでしょう、またある人は自分の子どもの成長を読み取ることもあるでしょう、何れにしても想像以上の広がりと奥ゆきをもったものであることに思い当たりました。

ご指導下さる先生方もまた、一人の子どもの修養日誌に書きつけた自分の言葉が五〇年後別な形で蘇《よみがえ》っていくことを想像してみると、教育という仕事は、目の前の一人ひとりの個人に向けられた働きではあるにせよ、しかしそれに止まらず、自分の言葉が新しい世代の心に薫習《くんじゅう》し、自分の見知らぬ人々の中で新しい言葉となって復活していくものであることに思い至ることでしょう。カントは、『教育学』の中で、教育を個人のみならず人類の活動を通して達成される、神の創造の意図と目的に適った合目的的な活動と捉えましたが、若い頃やや大仰《おおぎょう》に聞こえたその意味を、私もようやく実感出来てきたように思います。

（平成二五年三月四日発行）

学校と家庭が力を寄せ合って（初等部・中等部・高等部入学式式辞より抜粋）

学校には負わなくてはならない主として三つの役割があるように思います。

一つは、家庭では培えない高度の知識や技術の修得です。殊に知識基盤社会といわれる二一世紀では、幼少年期の教育内容も、相当高度なものになってきました。従って、専門職である教員が担わなくてはならない役割には、誠に大きいものがあるわけです。その為に、学校教育職員は、教えるべきことはしっかりと教えることが出来る確かな指導力を日々磨かなくてはなりません。

もう一つは、団体生活の訓練です。殊に少子化といわれる現代日本、現代家族に団体生活の訓練はなかなか期待出来るものではないでしょう。同年齢・異年齢との交わりは、言葉では培えない、毎日の生活を通して自然「社会性」が身につくものと思いますし、社会性とは、そのような生活体験を通じてでなければ、実際にはなかなか身につかないものなのですね。

以上二つは、誰が考えても、明らかに学校が担うべき役割といってよいでしょう。しかし、次の点は、政府の審議会等においても見落とされ、本格的にどうも議論されていないように思うのですが、学校に期待される第三の点は、「社会の原型を体験する場所としての学校」であります。

受験エリートとして偏差値の高い大学を出、優秀な成績を修め、一見何の問題もないように見える学生が、いざ就職してみると、上司からいろいろな命令を受ける、先輩から叱咤される、そうすると、もうヘナヘナと落ち込んでしまう。強いのは自意識ばかりで、自分は能力が高いのに、周りは評価してくれないと、三ヵ月ともたずに退職していく。そうした人が相当目につくようになってきているといわれるわけですね。これは、勉強が本当の「生きる力」に繋がっていっていない、痩せた経験のまま大人になってしまっているのではないかと思うのです。全くの無菌状態の社会はありませんし、子どもたちは、晩かれ早かれ複雑に構成された社会に出ていかなくてはならないわけです。

無論、社会は、より善くなっていかなければならないわけですから、学校は、現実の社会の望ましくない部分は抜き去り、望ましい社会の建設に資する部分を提供出来るように心がけなければなりませんし、学校に子どもたちの未だ柔らかな心をスポイルしてしまうような大人の社会と全く同じような赤裸々な現実があってはなりません。また、人間として誠に卑しい行為であるイジメが、暴力があっては絶対になりません。

しかし、全く葛藤のない学校生活が理想の学校生活だと思うのであれば、それは少し錯覚ではないかと思うのです。何か最近日本が無菌列島になることが望ましい社会だというような議論をよく聞くわけですが、よほど慎重に考えてみなければならないことだと思います。私たちは、子どもたちにいろいろな経験の橋を渡らせながら、逞しく成長させていかなくてはならないのだと思います。

他方、学校にこのような三つの大事な役割が期待されているということは、その裏返しとして、学校ではなかなか培えない、家庭でなければ養えないことがあるということを意味しているのだと思います。

人間としての最も基本的な考え方・善悪観・振る舞い方、精神的な落ち着き、これは、是非ご家庭で培って頂きたいものと思います。ご両親が食卓で何に重きをおいてお話しになるのか、子どもたちは、それを無言のうちに日々眺めながら大きくなっていくわけです。これは、塩野七生さんの受け売りですが、「ローマの女の鑑」と讃えられた、グラックス兄弟の母コルネリアは、「子は、母の胎内で育つだけでなく、母親のとりしきる食卓の会話でも育つ※」といったそうです。失礼ながら、ご両親が夫婦喧嘩をすれば、子どもは落ち着かなくなるわけで、勉強にも身が入らなくなるわけです。ファミリーの最大の使命は、子の教育にあり、家庭こそ、最も直接的で掛け替えのない教育の場なのです。

私の基本的な人生観・世界観は、学校の先生に教わったものよりも祖父や父から教わったものの方がはるかに大きかったと思いますね。その父が昔こういうことをいったことがありました。「親の年齢と子の年齢は同じだ」と。私たちは、未完成・不完全なままに人の親となり、親も自分の子どもを手塩にかけて育てていく経験を通じて本当の親らしくなっていくのだと思います。思えば、そういった頃の父は、今の私よりはるかに若かったわけですから、やんちゃ坊主の私を育てながら思い迷うことも多々あったことに違いありません。

場合によると、ご両親自身が子育てに迷われることもあるかも知れません。本学には、専任の心理カウンセラーも配置しております。どうぞ、生徒諸君は元より、ご父母の皆さまも、いつでもこうした先生方と気軽に話をする機会を作って頂ければと思います。みんなで支援の連携を保ちながら、よりよい教育の実現に取り組みたいものと思います。

※参照：塩野七生『勝者の混迷』ローマ人の物語（第三巻）、新潮社。

（平成二五年五月一三日発行）

『沈黙』について——「高‐大連携授業」の生徒の質問から

昨年度の秋から冬にかけて、高等部二年生対象の「高‐大連携授業」を担当しました。この授業のねらいは、高校時代に大学の授業を受講し、そのレベルや雰囲気を体験する一方、目下の高校の学習のモチベーションを高めようというところにあります。

私の授業は、「人間と倫理」、その一こまとして「カントの道徳論」を取り上げました。カントという人は、近代を代表するドイツの哲学者で、恐らくこの人ほど道徳というものを峻厳に捉えた人はいなかったでしょう。

カントの問題意識は、人間にとってどんな時・どんな所・どんな場合にも普遍的に善、つまりどこから見ても善い生き方だといい得る行動の基準を探し出そうというものでした。人間は、自分の利害と関係ない時・所・場合にあっては正論も吐《は》けるし、善を為《な》すことも出来ます。しかし、少しでも自分の利害と関わる事態が生じたりすれば、たちまち手のひらを返したように振る舞い始めるのがしばしば見聞きする人間の哀れな姿ですし、まして自分の命に関わるような場面に際会しようものなら、誰しも「自分可愛や」、それが人間の普通の感情といったものでしょう。しかし、彼は、こう説くのです。そのような感情に引きずられる傾きを自ら断ち切り、どんな時・どんな所・どんな場合にも理性の主体として「汝、善を為すべし」と。ですから、このカントの言い方は、私たちが生きる状況が厳しくなればなるほど、切実な命令として私たちに迫ってくるわけです。

この話をした時、ある生徒がこういう質問をしました。「先生、カントがいうように、そうした行為が出来るのが立派なのは解《わか》りますが、それでは江戸時代の隠れキリシタンが踏み絵を踏まされるような場合、私たちは、どのように行動したらよいのでしょうか」。

その時、私は、感心しながら、この生徒たちとちょうど同い年の頃、遠藤周作さんが書き下ろした小説『沈黙』が出版され、非常な印象と感銘をもって読んだことを思い出しました。

『沈黙』は、「人間の弱さ」と「神の沈黙」をテーマにした作品でした。日本に布教にきたカトリックの神父が、自分を慕い、教えを信じ、殉教していく信徒たちの姿を目の当たりにして、苦しみ、悩み、自分はどう行動すべきかを神に問いかける、しかしそれにも拘らず神は押し黙り、そして自らは棄教《ききょう》していくのですが、その時その神父が見出すものは……、といった内容でした。

遠藤さんは、こう書いています。「あなたはなぜ黙っているのです。この時でさえ黙っているのですか」。

このテーマは、『旧約聖書』の「詩篇」の第二二篇「わが神、わが神、なにゆえわたしを捨てられるのですか。なにゆえ遠く離れてわたしを助けず、私の嘆きの言葉を聞かれないのですか」から第三一篇「わたしは、わが魂をみ手にゆだねます」にかけての「祈りの言葉」を起源とし、『新約聖書』

に描かれる十字架上のイエスの「祈りの言葉」に連なるユダヤ・キリスト教最大の宗教テーマといっていいでしょう。

折しも、この授業は、ハリウッドの巨匠と呼ばれるマーチン・スコセッシ監督が遠藤さんの『沈黙』を映画化したことが話題になり始めていた頃のことでした。

スコセッシという人は、かつて『最後の誘惑』という作品を撮った監督で、それは、イエスが十字架上で過去を回想し、もっと別な生き方はなかったのか、弟子のマグダラのマリアと結婚し、子どもをもうけ、幸せな生活を送ることも出来たのではなかったのか……、といった誘惑に晒される、そんな内容でなかったかと思います。

この映画は、どこかの帰り、親しくさせて頂いた倫理学者の故吉沢伝三郎先生と一緒に観て、仏教徒である先生も私も、その内容をごく自然に受け入れたことを思い出しますが、キリスト教文化圏の欧米では、神のひとり子であるイエス・キリストがそんな誘惑に晒されて思い悩むとんでもないスキャンダルと、激しい批判を買ったものでした。

『沈黙』は、発表後四、五年して、篠田正浩監督が映画化し、学生の頃に友人と観た記憶がありますが、イタリア出身のスコセッシ監督がこれをどのように描くのか、何れ必ず観に行かなくては、と思っています。

授業の方は、親鸞《しんらん》の『歎異抄《たんにしょう》』に現れる「善人なおもて往生《おうじょう》をとぐ、いわんや悪人をや※」などを紹介しながら、人間の罪をどう考え、人間の弱さをどう受け止めたらよいのか、道徳や理性では解《と》けない難問があるということ、そうだとすれば道徳や理性の限界、つまりは人間の限界の自覚の先に見えてくるものは……、とはっきりとした答えを出さないままに終わりましたが、本当のところその答えは、生徒一人ひとりが自分の人生を通じて見出す他ないものなのでしょう。

（平成二九年五月一〇日発行）

※「往生」とは、仏の世界に救済されること。

卒業生に贈る言葉――一隅《いちぐう》を照らす、此《こ》れ則《すなわ》ち国宝なり！

若い頃は、あまり感激を覚えない言葉でした。私が生きる場所は、一隅などではない、世界が相手だ、と気負っていたからかも知れません。若気の至り、としかいいようがありませんが、ただいつの時代の青年たちにも、自分を誇大に考えるにせよ、貧小に捉えるにせよ、プラス・マイナス何がしかの虚勢がつきもので、今の私が昔の私を、そうかといって殊更に咎《とが》めようとは思いませんが。当時は当時で、精一杯であったこともまた、紛れもない事実なのですから。

しかし、自分の力の限界も、とうに見え透いて、一生で果たせる仕事の質量も、既に想像出来る齢《よわい》になりました。そして、今、私の生きる場所は、そも「一隅」でしかないのだとつくづく思い当たります。というよりも、人間の生きる場所は、多少の程度差はあるにせよ、所詮は五十歩百歩、誰であっても一隅であり、人間に出来ることは、その一隅をわずかでも照らし、一隅を少しでもより善くすることでしかないのだと思います。神さまからか、仏さまからか、自然からか、何からか、それはともかくとして、少なくとも私たちに生きる一隅がこうして与えられている以上、そしてそこにこうして生かされている以上、私たちは、少なくともこの掛け替えのない一生を無為《むい》に過ごしてしまうのではなく、その一隅を自分なりに精一杯照らしたいものだと心から思います。

私なら、この鎌倉女子大学という一隅において教育や研究という仕事を通して……。栄養士の方ならば、病院や施設での給食管理や栄養指導という仕事を通して……。警察官の方ならば、地域での治安保全や秩序維持という仕事を通して……。あるいは、主婦の方ならば、それぞれの家庭での家族への献身的な世話や日常的な支援、次世代の擁護や育成という、それこそ大変な広がりをもった尊い仕事を通して……。

この言葉は、いうまでもなく伝教大師最澄がその著『山家学生式《さんげがくしょうしき》』に書き残している言葉です。その名のごとく、清廉真摯で、無垢純真の生き方をした、如何にも最澄らしい、古今東西の箴言の中でもひと際輝く珠玉の名言です。この言葉ほど、人間と世界の本質的関係を一言をもって見事に、また何の気負いも衒《てら》いもなく、これほど的確に言い当てた言葉を私は他に知りません。

唐の留学から帰った最澄は、政府直轄の官立寺院には飽き足らず、南都奈良から遠く離れて、琵琶湖の西の山中深くに、自分自身の思想と理想に基づく本格的な仏教修養の道場である根本中堂を開きました。一般には、日本最古の私立学校は、これに遅れること四十余年後、京都は東寺の敷地続きに、弘法大師空海によって開かれた綜芸種智院《しゅげいしゅちいん》をもって嚆矢《こうし》とされますが、ある意味ではわが国初の私立学校の発端は、この最澄の比叡山寺であったのかも知れません。

山家とは、この比叡山延暦寺のこと、乃至最澄自身のことを指します。学生《がくしょう》とは、文字通り学生・生徒のこと。式とは、制度・法規といっても、精神・心得といってもいいでしょうか。従って、山家学生式とは、叡山に集まってきた自分の弟子たちのために最澄が書き贈った学生心得、教育指針、今風にいえば、敢えて「学生生活の手引き」といっても許されるのかも知れません。

　自分自身については、「塵禿《じんとく》の有情《うじょう》、底下《ていげ》の最澄※」と徹底して断罪し、「生ける時、善を作さずんば、死する日、獄の薪とならん」と厳しく戒《いまし》めた最澄は、しかしさまざまな資質を背負った弟子たちに対しては、厳しさの中にも、誠に心優しく接した人でした。

　その学生式の冒頭に、最澄は、こう書いています。「径寸《けいすん》十枚、是《これ》国宝に非《あら》ず。一隅を照らす。此《こ》れ則ち国宝なり」と。つまり、見るも見事な、直径一寸にもなる大粒の宝珠、それがたとえどんなに多くあっても、しかしそんなものは、国の宝でも何でもない、本当の意味で国の宝というものは、自分が生きる一隅を照らす人のことだ、そうした人こそ、国宝の名に真に値する、そう最澄は、学生たちに向かっていうのです。君たちも、そうした人間になっていってくれよ、最澄は、学生たちにそう説いているのです。この言葉は、能力の如何を問わず、どんな立場の人でも、決して気負うことなく平易に実践出来る何と素直な心得ではありませんか。

　私たちは、直接的なかたちで広い世界に関わることは出来ません。どんなに頭のいい人であっても、先の先まで見通すことの出来る人などおりません。どんなに優れた人であっても、全てのことに関わることの出来る人などおりません。稀代の論理家・田辺元先生風にロジカルに整理していうなら、私たち一人ひとりという個別的存在、即ち個は、それぞれの生きる特殊的状況、それぞれの果たすべき特殊的役割、即ち種を通してしか、普遍的世界、即ち類に関わることは出来ないのです。しかし、一人ひとりがそれぞれの生きる場面において自分自身の務めを真摯に果たしていくことこそが、そうした人間が一人でも多く世の中に輩出されていくことこそが、結果として世界が一歩一歩より善くなっていくということなのです。歴史を動かすのは、いつの時代でも、一隅を照らす個人の努力であり、世界は、そうした一人ひとりの真摯な貢献によってしか決してより善くなってはいかないものなのです。学祖・生太先生がおっしゃった「感謝と奉仕に生きる人」とは、そのような「一隅を照らす人」のことだと私には思えます。

卒業、おめでとうございます。長い一生、身体に気をつけて。皆さんのご多幸とご活躍を祈ります。

（平成一九年三月六日発行）

※「塵禿」とは、道を求めて出家した僧ではなく、単に衣食を得るために寺に入った僧のこと。

アシタ仙人の涙

今年の初等部の入学式は、晴天の四月八日、満開の桜の中で行われました。また、この日は、ちょうどお釈迦さまのお誕生日に当たる花まつりの日。

お釈迦さまが、今から二五〇〇年ほども前、現在の北インドからネパールに少し入ったルンビニーという所の綺麗な花園でお生まれになった時、天が喜び祝って、おごそかな音楽を響かせ、甘露の慈雨《じう》を降りそそいだという故事にならって、日本をはじめ仏教国ではみな、寺々を中心に花御堂《はなみどう》をこしらえ、その中に天と地を指さす幼い釈迦立像《りゅうぞう》を安置し、柄杓《えしゃく》で甘茶《あまちゃ》をそそいで、お誕生を祝う習慣がひろく行われています。

そんな日と重なったからか、松本講堂の壇上から、座席の上にちょこんと小さな顔を出して座っている可愛い新入生たちの姿を眺めながら、ふと、アシタ仙人の涙の話を思い出しました。

私がまだ小学校に入るか入らない頃、父が子ども向けの釈迦伝を書いたことがありました。ストーブもない時代のこと、書斎で、机の下に火鉢をおき、その火鉢ごと足をスッポリ薄茶の毛布にくるんで、熱心に執筆していた父の姿は、今でもよくおぼえているものです。

その本が出版されて、ある時、学校の図書のコーナーで、その本を見つけて、子ども心によほど誇

国宝　銅造誕生釈迦仏立像及び灌仏盤　東大寺所蔵
画像提供　奈良国立博物館（撮影　佐々木香輔）

らしかったのでしょう、私の読書の時間はといえば、決まってその本を引っ張り出して読み耽《ふけ》ることでした。私が教室でその本しか読まないものですから、父母会の折に担任の先生が、「福井君は、どうも『おしゃかさま』しか読まないようなのですが……、お家で他の本はすすめないのでしょうか……」と、皮肉まじりに母に告げたということを、後年聞いたことがありました。そんなわけで、お釈迦さまの生涯は、幼い私の心象を形成したように思われますが、アシタ仙人の涙は、釈尊の生涯が語られる時に必ず触れられる有名なエピソードの一つです。

お釈迦さまが生まれた時、徳の高いアシタという仙人が、「尊い赤ちゃんが生まれた不思議な徴《しるし》を見ました」といって、はるばる訪ねてまいりました。父親のスッドーダナは、シャカ族の王さまであったものですから、すっかり喜んで、仙人を城に招き入れて、わが子の将来を占ってもらうことにしました。すると、アシタ仙人は、「これは、これは、尊い王子さまです。後には立派に成人なさり、必ずや人々の悩み苦しみを救って下さる仏陀《ブッダ》（目覚めた人）とおなりになりましょう」、そういって、はらはらと涙を流しました。王さまが訝《いぶか》しく思って、「なぜ、泣くのか」と、そのわけを尋ねますと、アシタ仙人は、こう答えます。「私は、もう年をとってしまって、この王子さまがやがて仏陀とおなりになり、その尊い教えの恵みに与《あずか》ることが出来ないのが悲しいのでございます」。

そのくだりは、子ども心に妙に印象深いものでした。ただ、その頃は、お釈迦さまのような偉い方に会ったので、アシタ仙人は、感動して、感激の涙を流したのだろうと、文字通りに解釈しておりましたが、けれど私も年をとり、いやいや、そうした思いは、お釈迦さまだからなのではない、新しい命が授《さず》かったどこの家庭もが同じように、両親は元より、殊にお祖父さま、お祖母さまはきっと、アシタ仙人と同じような思いに打たれるのだろう、そうしきりに思うようになりました。

親は、わが子のゆく末を見とどけることを出来はしません。特に祖父母にとって孫が立派に成長した姿を見とどけるのは、こうして長寿が許されるようになった今日においてさえ、なかなか叶えられないことです。でも、またそうであるからこそ、過ぎゆく世代は、来るべき世代のつつがない成長を願うのであり、きっと誰もがひたすら同じ思いに立つに違いないのです。
子どもは、どこの家庭にとっても掛け替えのない宝もの、新入生の立派な成長を祈らずにはおれません。

（平成二一年五月一四日発行）

空海と密教美術展

昨年の夏も過ぎた頃、東京国立博物館で「空海と密教美術展」を拝観しました。京都東寺の講堂伽《が》藍《らん》に居並《いなら》ぶ二一体の中の約半分の仏像、嵯峨天皇・橘逸勢《たちばなのはやなり》と並ぶ三筆と称せられる空海自身の真筆、両界曼荼羅《りょうかいまんだら》（金剛界《こんごうかい》曼荼羅・胎蔵界《たいぞうかい》曼荼羅）をはじめとする仏画や唐伝来の仏具の数々、そのほとんどが国宝・重文ばかりと、これほどの関係宝物が一堂に集められたこともなかったのではないかと思います。

残暑の厳しい炎天下、入場のために老若男女が列を作り、私のそばの婦人は博物館貸し出しのパラソルをさしながら画集に目を落とし、その向こうの青年は熱心に空海の解説書に読み耽《ふけ》り、私は、あらためてこれほど多くの人たちがこの平安の仏教僧に関心を寄せる事実に深い感慨を覚えました。

純粋に宗教的な関心をもった人もいたでしょう、仏教への関心というよりも、むしろ書や仏画を鑑賞したいという人もいたでしょう、流行《はや》りのイベントに参加してみようという人もいたでしょう、パワースポットと見立てて、巨人空海の遺物の中に身をおき、オーラを感じたいという人もいたでしょう、しかし何れにせよ、その動機を促《うなが》したものが空海の魅力にあったことは間違いないところです。

私は、日本精神史上最高の規模を誇る人物は、と問われれば、躊躇《ためら》いなく弘法大師空海を挙《あ》げます。

どうしてこのような多角的な、しかもそれぞれ異なる分野で頂点をなす才能が一人の人物に舞い降りたのか、不思議でならないほどです。

四国讃岐《さぬき》の出身ということなど断片的な事実は伝えられてはいるものの、二十代前半までは、どのような成長過程を辿ったのか、ほとんどはっきりしたことは判《わか》らない人であるにも拘《かかわ》らず、何処《どこ》で習ったのか、漢語や梵語《ぼんご》（サンスクリット）を使いこなし、奇跡ともいえる八面六臂《はちめんろっぴ》の活躍を繰りひろげました。それも、日本ばかりでなく、唐においてさえ。

二四歳の若さで孔子の儒教・老子の道教・釈尊の仏教を比較し、その高低浅深を判釈《はんじゃく》した我が国初の比較思想書『三教指帰《さんごうしいき》』を著《あらわ》すかと思えば、巧みな会話と文章力で唐の官僚たちを感嘆させ、憲宗《けんそう》帝からは揮毫《きごう》を求められ、書を長安の宮廷に掲げられたと、エピソードには事欠きません。

特に、二〇年にわたって在唐するということで政府の許可を得て、無名の私費留学生として遣唐使に加えてもらい、当時最新の仏教宗派であった真言密教《しんごんみっきょう》の本山、長安の青龍寺を訪れるわけですが、その時のエピソードは、空海という人物の破格の器量を物語るにあまりあります。

当時の青龍寺で一身に尊敬を集めていたのは、弟子数千人をしたがえた恵果和尚《けいかわじょう》でした。ところが、この恵果は、日本から訪ねて来た見も知らずの青年僧をひと目見るなり、「長いこと待っていました。今日会うことができて大変よろこばしいことです。本当によかった。私の寿命も尽きようとしているのに、法を授けて伝えさせる人がまだおりません。早く本国に帰って、この教えを国家に奉呈し、天下に広めて、人びとの幸せを増すようにしなさい」※と、弟子たちが驚き、反対するにも拘らず、真言密教の奥義《おうぎ》を伝授し、多くの経典や仏画・仏具を与えて、入唐二年も経《た》たずして、空海を日本に帰します。一人の人間同士の出会いの衝撃がその後の日本文化に与えた影響は計り知れず、事実空海は、後年「空虚な身で出かけて充実して帰り」※※来ることが出来たと述懐しています。

　このあまりに早い帰国を政府は訝《いぶか》り、しばらく九州に止めおきますが、しかしその後の空海が官民挙げて尊崇《そんすう》を集めたことは、今に至る歴史の事実です。嵯峨帝からは兄のように慕われ、比叡山の天台宗座主《ざす》、先輩格の官費留学生であった最澄《さいちょう》からは低頭して教えを請《こ》われ、一般庶民の子弟に門戸を開放した日本初の私立学校綜芸種智院《しゅげいしゅちいん》を開き、讃岐に大がかりな農業用水満濃池《まんのういけ》を造り、没して後、醍醐天皇から弘法大師の諡《おくりな》を贈られ、日本各地に幾多のお大師さま信仰を生みと、その足跡は、枚挙にいとまがありません。

　恐らく、空海のような人は、山中深く仏教道場を開くのも、都の大寺院を治めるのも、経典や文学を著すのも、書をするのも、学校を創るのも、社会事業を行うのも、みな、仏さまに望まれ、仏さまに促された活動と思っていたことでしょう。こうした人物が生まれたのは時代の為《な》せる業《わざ》か、人間が大きく育つのは何に起因するものか、教育というものの不思議を感じざるを得ません。現代は、当時とは比べられないほど豊かな情報にあずかった時代ですが、さて空海のような人物が生まれている気配はあるのでしょうか。

※「請来目録」『弘法大師空海全集』（第二巻）筑摩書房。
※※「性霊集」『弘法大師空海全集』（第六巻）筑摩書房。

（平成二四年一月六日発行）

自浄其意《じじょうごい》——自らその心を浄《きよ》くすること

ある会食の席のこと、近くにお座りになったある大寺《おおでら》の、根は温かく優しい方であるのに、その照れ隠しか、普段はやや無頼派を気取るご住職が一枚のコピーを私に手わたし、こう申されました。

「先生、この文章をどう思うか。もし先生がいいというなら、この席にいる他の皆にも配ってみようかと思うんだが、配ってもいいもんか……」。

それは、裏千家の千玄室宗匠《そうしょう》がお書きになった「自浄其意」という文章でした。そのご住職も奥さまも長年にわたってお茶に親しんでこられ、宗匠ともお付き合いがあることは存じ上げておりましたし、茶道と仏道は、形は違っても、やはりどこかで重なり合うところがあるんだろうなと思ったものでした。短い文章であったので、私は、その場で目を通し、「大変結構な文章ではないですか」と、そう申し上げました。

そこには、次のようなことが書かれていました。

お釈迦さまの最期を看取った阿難《あなん》というお弟子さんにある人が「お釈迦さまの教えで何が一番大事なのか」を問うたところ、阿難尊者《そんじゃ》が挙げたのが「自浄其意（自らその心を浄くすること）」の教えであったということです。

阿難という方は、釈尊《しゃくそん》の十大弟子に数えられる人物ですが、「知恵第一」といわれ、有名な「般若心経」の中で観自在菩薩（観音さま）の説法を聞く役回りを演じるモデルとなった、同じ十大弟子の舎利弗《しゃりほつ》（舎利子）やその親友の目連《もくれん》のような大秀才とは違って、時々お釈迦さまに愚問を発して諭されるような愛すべき人物でしたが、長年にわたり仏陀の身の回りの世話をし、殊の外可愛がられ、師の最後の旅まで連れしたがったお弟子でした。

因みに、「目にするもの何もかもが美しい」※と語ったといわれる仏陀最晩年の言葉は、この旅の後半に出てくる有名なエピソードですが、芥川龍之介さんは、遺稿『或旧友へ送る手記』の中でそれを「末期《まつご》の眼《め》」と表現しています。川端康成氏も、これに甚《いた》く刺激されたようで、後年『末期の眼』という随筆をものにし、この言葉をノーベル文学賞の記念講演『美しい日本の私』の中でも取り上げていました。

私がお世話になった仏教学の稲津紀三先生は、「むしろ、仏陀の弟子に秀才たちばかりでなく、阿難さんのような方がいたので、仏陀の教え（仏教）を私たち一般人により近しいものにしてくれたんだね」とおっしゃったことがありましたが、何事につけ秀才ばかりでなく、十分理解が行き届かない学生にも丁寧に説明しようと努めることによって、先生もまた、その事柄の実相をハッキリと摑み取り、その本質をより鮮明に浮かび上がらせることが出来るようになるものです。難しいことを難しく語ることは、二流の学者に出来ることで、しかし本当に解っている人でなければ、易しく語り尽くすことは出来ないものです。

千師は、「なんでもないような教えですが、父母より少年期の頃、此の御話を伺い、心が何か浄められたことを覚えています」と、更に「今時の政治家や経営者、トップリーダーがこのような心得を持ってくれるかと思い患います」と続けておられました。

牧師の子として育ったニーチェは、きっと内側から教会を見過ぎたからか、成長して後、『反キリスト者《アンチクリスト》』というキリスト教批判の本を書き、その中でむしろ仏教を高く評価し、仏教は、フィクションとして仮構された「神の国」や有りもしない「最後の審判」などを説きはしない、ただ「仏陀は、心を平静にする、あるいは晴れやかにする想念だけを要求する」※といっていますが、キリスト教が果たしてニーチェのいう通りか、ニーチェが仏教の全体像を正確に理解していたかどうかは兎も角、天才思想家らしく、その本質を直観的に捉えてはいたのでしょう。

ともすると、私たちは、自らその心を曇らせ、物事を歪めて、在るがままの真実を見失うところがあるものです。私の祖父がよくこういうことを申しました。「正直に生きることが一番楽な生き方なのだよ。人間は、不正をすると、これを誤魔化し、辻褄合わせをしようとして、無理矢理理屈を探しまわり、却って自分を苦しめることになる、愚かなことだ」と。

※中村元氏や高下恵氏は、人生の最後に至って、いまさらながらこの世の美しさと人間の恩恵にうたれる、それがまた人間として釈尊が辿り着いたありのままの心境であったと解説している。

参照：中村元『ゴータマ・ブッダ――釈尊伝』法藏館、高下恵『釈迦――生涯と弟子』百華苑。
※※『アンチクリスト』（全集第4巻）西尾幹二訳、白水社。

（平成三〇年二月二八日発行）

沖縄旅行のひとこま

人が多くの年、生きながらえ、そのすべてにおいて自分を楽しませても、暗い日の多くあるべきことを忘れてはならない。『旧約聖書』より。

沖縄の日没は、鎌倉よりも大分晩《おそ》く、一二月の五時というのに、青さの中に夕焼けが流れ込むほどの、まだ薄暮にもしばらく間がありそうな明るい空です。私は、家内と一緒に、西にシナ海と東に首里城の朱色の屋根を遠望することの出来る丘の上に立っていました。

叔父の名前が刻まれた「平和の礎《いしじ》」や「ひめゆりの塔」、サトウキビ畑に隠れるように建つ「白梅之塔」と、さっきから案内役を買って出てくれたタクシーの運転手が、「沖縄の空は、アメリカ軍の制限空域が広いので、ほら、那覇空港に降りる飛行機もあんなに低空で進入してくるでしょう」と、眼下を指差しながら教えてくれました。

この丘は、旧海軍の司令部があった場所で、今では「海軍壕」という名前の公園になっています。丘の頂上には、縁起が記されたいくつかの石塔や石板、それにアメ色の錨《いかり》のモニュメントが設《しつら》えられ、その陰には、哀絶極まりない電文を海軍次官宛てに打電した沖縄方面根拠地隊司令官大田実海軍少将の遺骨も、小さくひっそりと葬られておりました。

沖縄県民ノ実情ニ関シテハ県知事ヨリ報告セラルベキモ　県ニハ既ニ通信力ナク三二軍司令部又通信ノ余力ナシト認メラルルニ付　本職県知事ノ依頼ヲ受ケタルニ非ザルモ　現状ヲ看過スルニ忍ビズ　之ニ代ツテ緊急御通知申上グ　〈略〉　青壮年ノ全部ヲ防衛召集ニ捧ゲ　残ル老幼婦女子ノミガ相次グ砲爆撃ニ家屋ト家財ノ全部ヲ焼却セラレ　〈略〉　而モ若キ婦人ハ率先軍ニ身ヲ捧ゲ看護婦烹炊婦ハ元ヨリ　砲弾運ビ挺身切込隊スラ申出ルモノアリ　〈略〉　只々日本人トシテノ御奉公ノ護ヲ胸ニ抱キツツ　遂ニ□《?》□《?》□《?》□《?》与ヘ□《?》コトナクシテ　本戦闘ノ末期ト沖縄島ハ実情形□《?》一木一草焦土ト化セン　〈略〉　沖縄県民斯ク戦ヘリ　県民ニ対シ後世特別ノ御高配ヲ賜ランコトヲ

この丘の下は、ツルハシとクワで掘りめぐらされ、背の高い大人がかがみながら一人ずつ通れるほどの、とても堅牢《けんろう》な要塞とはいえない地下壕になっています。木の机に花が飾られた六畳ばかりの司令官室跡、発電室跡、傷ついた兵士たちが立ったまま仮眠をとったというほんの少しばかりの空間、自決のために炸裂させた手榴弾の傷痕《しょうこん》生々しい壁……。

高等部の生徒諸君は、どのような思いを抱きながらここを歩いたのだろう、私は、ふと、そんなことを考えました。

この地下壕に降りる入口に展示室があり、当時の写真や沖縄戦の映像、またいくつかの遺品を見ることが出来ます。

Ｖサインをしながら笑顔で記念写真をとる若い女性に苛立《いらだ》ちを感じながら、その脇のガラスケースに目を遣《や》ると、小さな手帳が飾られていました。近寄ってみると、山田弘國中佐という根拠地隊機関参謀の方が子息へ宛てた遺書でした。

雅弘よ
父は「バトン」をお前に渡したよ!!
父が望んで達する事出来なかった
更に大なる飛躍こそは
お前以外に誰が襲いで呉れる
ひとがあろうか――

「爪跡」より
昭和二十年　海軍壕にて

一人の青年士官が差し迫った時間と暗く閉ざされた空間の中で、抑制された言葉の中に万感を込めてしたためたこの六行の短い文章は、これ以来、私の脳裏から離れることはありません。

翌日は、今から四半世紀ほど前、人生の終盤にさしかかった父と父の昔の仲間の方たちが、戦時中敵機の空襲やマラリアで命を落とした戦友たちを偲んで、平和の実現と彼我戦没の諸霊を祈念して建立した慰霊碑にお参りするため、宮古島へ向かうことになっていましたが、このたった二日の旅行だけでも、出会った人たちのまごころのこもった快活な人柄と同時に、沖縄はまことに鎮魂の島であることを今更ながら強く実感した次第です。

（平成二〇年三月六日発行）

ベトナム訪問記

この一一月二一日（水）から二五日（日）にかけて、初めてハノイ市を訪問する機会を得ました。

この話には前段があり、「日本留学（高度人材・実践人材）フェア（ベトナム）」が六月ホーチミン市とハノイ市で開催され、家政学部の中谷教授と児童学部の小泉教授が両市を訪れ、会場にブースを構えたところ、初めての参加であったにも拘らず、ホーチミン市で三七人、ハノイ市で五五人、計九二人の本学に関心を寄せる留学希望者が訪ねてくれたということがありました。

ハノイ国家大学に日本語学科が開設され、既に四〇年ほどが経過し、ベトナムの学生たちの日本語運用能力は、日本の大学で勉強するに十分耐え得るレベルに達していると聞きます。現在、日本語学科をもつ大学は、首都ハノイ、南部ホーチミン、中部ダナンなど全土に一四大学、日本へ留学している学生は、約四〇〇〇人（大学院・大学・短大・専門学校他）を数えます。

お蔭様で本学は、毎年入試も好調で、各学科大変高い倍率を誇っていて、むしろあまり高い倍率に懸念をもつ向きもあり、何もこの上ベトナムの留学生を迎え入れる計画などと訝《いぶか》る人もいるのかも知れませんが、しかし将来の東南アジアが具《そな》える社会的・経済的実力を考えると、今から交流の種を播《ま》いておきたいという気持ちが私の中にはあるのです。また、特にベトナムとの交流を私が望むのは、歴史的に親日的な国民性ということから、一つはもっとこの地域に日本文化を紹介していきたいと思うこと、一つは日本で培った修学の成果をベトナムの発展に役立ててほしいと思うこと、一つは三・一一以降、もう一度私たち日本人も自分たちの培ってきた善きものを記憶の底から手繰り寄せ、より堅固な国づくりをしていかなくてはならない岐路《きろ》に立たされているわけですから、新しい国づくりに取り組んでいるベトナムの若者たちの姿はきっと私たち日本人にもいい刺激を与えてくれるに違いないと思ったからです。

ただ、いざベトナムとの交流プログラムを構想する段になりますと、いろいろ情報収集には努めたものの、本学にはまだルートが開設されているわけではなく、そこで私のベトナム人の旧友のファム・フィー・ゴドム氏に相談したところ、氏の叔父上が

左からタンロン大学フウオン日本語学科長、同大学フウ学長、ズン副理事長、筆者、ハノイ貿易大学ハー前日本語学科長、長岡教育調査企画室長

日本語学科をもつタンロン大学の副理事長を務めているることを聞かされ、渡りに舟と、間《あいだ》を取りもってもらうことにしたわけです。

この過程で、ファム・フィー家がゴドム氏で四九代を数えるベトナムの名家ということも知りました。何でも、蒙古襲来を撃ち破ったのは、日本とベトナムだけで、その時全軍を指揮したベトナムの武将が氏の二五代前のご先祖だそうで、また氏の伯父上は、哲学者で愛国詩人、故ホーチミン大統領の側近中の側近、市内にはその名を冠した通りが遺される英雄であることも判りました。

また、偶然は重なるもので、これも私の旧友の谷崎泰明氏がたまたま現在ベトナム駐在特命全権大使で、谷崎氏もいいアドバイスをして下さり、今回の訪問には大きな手ごたえを感じて帰ることが出来ました。何よりの収穫は、直接行かなければ獲《え》られな

谷崎泰明駐越日本大使と　ハノイ・ヒルトン・ホテル

い交流の輪を広げることが出来たことです。

私たちの世代は、ベトナムというと、戦争、ハノイといえば、北爆といった記憶が強く残るところですが、街を歩く限り、そのような残像は全く感じられません。むしろ、フランス統治時代に設《しつら》えられた小パリを思わせるサクというアカシア種の並木とコロニアル風の建物、これに加わる道路やビルの建設、そしてアジアの喧噪が混じり合った活気溢れる都市に変貌していました。

同行した長岡君とハノイ貿易大学の廊下を歩いていた時、熱心な眼差しで授業を聴いていた学生たちの中でたった一人だけ居眠りをしていた隣の友人を、私たちの姿を見るや、恥ずかしそうにそっとつつき起こす女子学生の様子にむしろ健気な倫理性を感じましたし、タンロン大学の玄関ホールに飾られたモニュメントに刻まれた故ホーチミン大統領が愛した言葉が生太先生の「百年を思う者は人を育てる」と同様の趣旨であったことも印象的でした。初めは、一人、二人の留学生かも知れません。しかし、更に学術交流も深めたいと聞きます。将来、この種《たね》がどのように育っていくか、楽しみなことです。

（平成二五年一月七日発行）

東南アジアへの教育支援——ミャンマー　昔と今

暑かった夏もそろそろ終わり、秋セメスターの準備にかかる頃、ミャンマーに出張していた坂田映子先生が報告方々帰国の挨拶にきてくれました。先生は、ＪＩＣＡ（国際協力機構）から依頼され、そのスタッフとして「ミャンマー国初等教育カリキュラム改訂プロジェクト」に協力するため、今季、開発著しい彼の地を訪れていたものでした。

ミャンマーといえば、もう四十数年も前、祖母が東南アジアのお寺参りをしたいと言い出して、独りで行かせるわけにもいかないものですから、学生だった私が同行しろということになり、数日くっついて行ったことがありました。当時は、国名はビルマ、最大都市のヤンゴンもラングーンといったものです。戦後生まれではあっても、私たちの世代にとっては戦争の記憶はさほど遠いことではありませんし、何といっても、竹山道雄さんの『ビルマの竪琴』の印象は随分強いものがありましたので、私などは、どうしても昔の名前の方に愛着を感じてしまいます。

祖母と薄暗いマーケットを歩いていたところ、後ろから私の背中を軽くたたきながら、「ミスター、靴のひもがほどけていますよ」、と初老の紳士が日本語で話しかけてきたことを覚えています。立ち止まってお礼をいうと、「戦時中、日本の兵隊さんに教えてもらいました」と。

その後、幾度かの厳しい政変を繰り返しながらも、近年は着実な発展の道を辿っていると聞いています。特に日本のマス・メディアは、弾圧された民主化の旗手アウンサン・スーチー女史、これに対して軍政の影を引きずる独裁体制といった構図で語りたがるものですが、政治は、それほど単純なものではなく、現政権も軍事体制に終止符を打ち、軍政を少しずつ脱却しているようで、企業誘致にも積極的で、日本との交流なども進めながら、慎重に自国の発展のための舵取りをしているように思われます。

これは私の素朴な想像ですが、その背景として、ミャンマーがそれでも「不殺生」を第一戒律とする仏教国であるということと関係するところがあるのかも知れません。そこで、どうしても思い出してしまうのは、悲劇的な死を遂げたベナジル・ブット女史や女子教育の必要を訴えて銃撃されたマララ・ユスフザイさんのイスラム国家のパキスタンのことですが、それはしてはいけない間違った比較でしょうか。余談ですが、学園主の紀子先生のご尊父が高名な仏教学者であったことから、戦後、国賓待遇で旧ビルマを訪問したことがあったと聞いたことがありましたが、元々学者を国賓に遇するといったお国柄なのです。

坂田先生がおみやげに持ち帰ってくれた立派な日本語新聞〝Yangon Press〟などというものも発行されていることを知り、見れば紙面も充実していて、ちょっと驚きましたが、その一面に栗原富雄という編集長の方が書いた「ヤンゴンの雨と女性には勝てない?男女格差が少なく女性の進出目立つ」

という見出しの、面白い、相当紙幅を割いた記事が載っていました。そこには、こんなことが書かれておりました。

そのわけは、「公式の場所では男性が前面に出るが、重要なことを決定する際には妻や母親の意向が反映されるケースが多いからだという。これは王朝時代から定着してきた財産の均分相続や教育に男女差別の少なさなどが要因だという。確かに、この国の職場では男女の賃金格差はほとんどない。大学教授、教職員なども圧倒的に女性が占めている。医者、弁護士なども女性の進出は目覚ましい」と。坂田先生が接触した学校の教職員も、ほとんどが女性だったそうです。日本では遅ればせながら、女性の活躍への期待が官民挙げて語られているわけですが、これを聞くと、むしろ女性の能力及びこれにフィットした職域の可能性として、いろいろ考えさせられるところがありそうです。

教育大学も国内に二一もあり、以前立ち上げたベトナム交流プログラムもそうですが、これから教育関係者の来日も増えるそうで、やがて留学生の受け入れを初め、学術交流のプログラムなども考えなくてはならない日もそう遠くなくやって来るのかも知れません。また、最近も国際交流基金が東南アジア一〇ヵ国で日本語教育の普及を促進しようと、日本語教師を二〇二〇年までに三〇〇〇人派遣する事業を始めましたが、教育学部の学生諸君の中から、やがてこうした仕事に勇躍挑戦する人も出てくるのかも知れません。

（平成二七年一月九日発行）

誇りを忘れつつある日本人

文部科学省の調査によれば、全国の小・中学校において学校給食費を滞納した保護者は、二〇〇五年度に延べ九万八九九三人、総額二二億二九六三万円にのぼったといいます。各学校に滞納の理由を調べさせたところ、「保護者の経済的な問題」を挙げた学校が三三・一パーセントあったことから、文科省は、早速生活保護世帯には給食費を補助する制度もあることを周知させるということでした。

バブルがはじけて以後不況にあえいできた経済事情や、地域間格差から逼迫《ひっぱく》する経営事情など、この問題には十分見まわしておかなければならない社会的背景もあることから、滞納者がある程度存在するということは、確かに理解出来ないことではありません。因みに、学校教育費に限っただけでも、今日一人の子どもを成人させるまでには一千三、四〇〇万から、場合によると数千万の費用がかかるわけですから、どこの親の苦労も、並大抵のことではありません。

しかし、ここで私が、そして私のみならず、この報告に接した大方がおやおやとあきれながら聞いたことは、「保護者としての責任感や規範意識の欠如」の理由を挙げた学校が実に六〇パーセント近くにものぼったという事実でした。しかも、この約六〇パーセントの学校が指摘したことは、滞納者の中には生活に相当の余裕を感じさせる、むしろ消費生活を謳歌している様子さえ窺《うかが》える者が数多くまじっているという事実でした。つまり、自分の生活を楽しんでも、子どもの給食費は払いたくないと。世の中は、随分変わったものです。戦争の惨禍と戦後の荒廃を生きぬきながら、自分は苦労して働いても、出来れば子どもには淋しい思いをさせたくない、それが、私たちが見た親の姿でした。

誠にご苦労なことに、校長先生や教頭先生が各家庭を訪ねて支払いを促《うなが》しても、「義務教育だから、給食費は国が負担するのは当たり前だ」と、親の義務などどこ吹く風といった稚拙な錯覚というか、開き直った一部保護者の返答がテレビで報道されていたのを視た方も多かったのではないかと思います。やむを得ず、それぞれの学校が予備費から滞納分を補填《ほてん》したり、中には仕方なく自腹を切ったりした学校責任者もいたと聞くと、最早何をかいわんやです。

何とも情けない有様に、日本人の意識は、何とここまできてしまったのかと思っていたところ、今度は厚生労働省が、全国認可保育所で保育料を滞納した保護者数は二〇〇六年度で約八万六〇〇〇人、総額九〇億円にのぼると発表しました。

無論、この中にも、先の給食費同様、理解すべき理由を抱えた家庭もあるのでしょう。しかし、相当数の保護者の中には十分払う余裕はあっても払おうとしない恥知らず者が随分まじっているということです。加えて、私が驚いたのは、一応支払いをしている親に滞納に対する感想を求めたところ、「そんなに不払いの人が多いのなら、私たちも払いたくないわ」といったそうな、何とも悲しくなる昨今の日本の精神風土、日本人の社会心理ではありませんか。

私の知人がかつて嘆息気味《たんそく》にこういったことがありました。「戦後の日本人は、他人のことを攻撃することは本当に上手になりました。でも、自分のことは、いつも括弧の外なのですよね」と。最近の給食費や保育料の滞納をめぐっては、私たち現代人の意識の典型を見せつけられているようにも思われます。本当に昨今の日本人は、すっかり誇りというものを忘れかけてしまったかのようです。理屈にならない理屈を吹聴し、頓珍漢・珍粉漢であるにも拘らず、身勝手な自分の主張を押し通す人々が何と増えてしまったことでしょう。

かつて、ジョン・ロックは、「あらゆる他の人間の気まぐれが彼を振り回すかもしれないときに、誰が自由でいられるだろうか」と、自由主義という名の衣装を着飾った、止まることを知らない自己中心主義の犯罪的欺瞞《ぎまん》を指摘したことがありましたが、こうした身勝手な自由を主張する人々ばかりがはびこっていくとなると、この国の将来は、一体どうなっていくのでしょう。国の将来への不安を語るなどということは、教育の放棄、そもそも教育に携わる者が口にすべきことではないのかも知れませんが……。

自分自身の子どもに教育費を支出している上に、納税という行為を通じて、見ず知らずの他人の子どもたちの教育費までまかなっているのですから、私は、私立学校に子弟を送る保護者には頭が下がります。アメリカやイギリスで私立学校に子どもを遣《や》る親が他人から尊敬もされ、自分自身に対して密かな誇りを感じているのは、そういう理由によるものです。いや、それ以前に、子どもを私立に送る親であろうと公立に送る親であろうと、親の精一杯の努力は、子どもたちの心に深く刻印されているもので、私が担当する「建学の精神」の試験答案にも、こう書きつづってくれる学生たちが随分いるものです。「普段は照れくさくて『ありがとう』の言葉を直接口に出来ないのですが、自分を大学に送り出してくれる親の物心伴う支援にはいつも感謝しています」と。

（平成一九年一〇月三一日発行）

思い当たること

メチャクチャな話である。話にならない話である。弱く拗《す》ねた大馬鹿者のために、家族を愛し、家族から愛され、夢をもち、真面目に、精一杯生活していた掛け替えのない命が、ある日一瞬のうちに奪い去られてしまう、何とも痛ましい、やりきれない、途方もない事件である。遺《のこ》された家族は、その悲しさを、その悔しさを、その空しさをどうやってこの先うめることが出来るというのだろうか。

東京藝術大学の音楽環境創造科四年の武藤舞さんは、聡明な女子学生で、将来小ホールでのコンサートや音楽イベントなどをプロデュースする夢をもっていたそうだ。路上で事件の発生を目撃し、周囲の人々の安全を確保しようと一一〇番通報をしているところを刺されたという。中央大学四年の斉木愛さんは、西洋の中世史を学び、明るく、積極的で、几帳面《きちょうめん》、目下卒業論文と取り組む女子学生であったそうだ。中学時代の文集には、こんな言葉を綴《つづ》っていたという。「人生は長い。私はこの先とてつもなく長い道のりを歩んでいかねばならない」。「多くの困難にも遭遇するであろう。その時に、自分の経験を糧に乗り越えていく、私はそんな生き方をしたいと思うのだ」。

秋葉原と八王子でこの二人を含む八人が殺された。

この事件の衝撃は計り知れず、また同時にその動機の衝撃にも言葉を失う。社会の片隅にさえもおきたくない先の秋葉原の犯人も、今また甘えの毒に感染した八王子の犯人も、ほぼ同じようなことを口走っているそうだ。「自分は負け組、仕事がうまくいかず、むしゃくしゃした。誰も自分に何もしてくれない。誰でもいいから腹いせに殺したかった」。自己の全ての欲求を他者に向け、カミュの『異邦人』の主人公のムルソーではないが、「太陽がまぶしかったから」といった程度の、理由にならない理由で人を殺してまでもそれを押し通そうとする恐ろしいばかりの身勝手さ、常に誰かが自分に何かを与えてくれる、また与えてくれなければならない、そう錯覚している。恐らく、彼ら自身でさえ、本当のところは判《わか》らないのだろうし、仮に犯罪心理学者や検察官・裁判官が説明をつけて見せてくれたとしても、結局は闇の底に隠れているのだろう。しかし、同時に、内を省《かえり》みることなく、何事であれいつも外に非難の矛先《ほこさき》を向ける現代の日本人の心理をとことん先鋭化したもののようにも思えてくる。

一見順風満帆《じゅんぷうまんぱん》に映る人の人生にも悲しみが溢れ、どんな人の人生にも何ほどか空しさが漂《ただよ》い、それにも拘《かかわ》らず歯をくいしばりながら生きていることを、この人たちは思い浮かべたことはないのだろうか。

このような法外な事件が起こると、マス・メディアは、決まって次のような議論を展開する。「非難するだけでは、事件を防ぐことはできない。事件を誘発しそうな問題点や社会的ひずみ、矛盾などをできるところから減らしていくしかあるまい」。「人間関係が希薄になっている世の中で、孤立感を深める人が増えているということだ」。確かに、それは、一面の真理を語っているのであろう。しかし、この種の言説こそ、むしろ弱い拗ね者の犯罪心理を醸成し、これを助長しているところはないのだろうか、他面においてそう思ったりもする。いや、どれが間違った見方だ、どれが正しい見方だという単純な構図で片付かないところに、この問題を語る難しさがある。はっきりしていることは、皆それぞれに自分の立場で考え込まなければならないということだ。

ただ、率直にいえば、私は、「ここまできたか、戦後教育」という思いを深くする。戦後日本の教育は、何か大変な思い違いをしたまま出発してしまっているのではないのか。教育に携《たずさ》わる者が言いたがらないことを敢《あ》えていっておこう。

光に満ちた無垢な赤子《あかご》の顔を見ていれば、そんなことは信じたくはないが、しかし人間は、必ずしも善なる性質ばかりをもつとはいい得ない、底知れない闇の情念も抱えもつ。もう忘れてしまったのだろうか、四歳の子を殺《あや》めた一二歳の少年がいたではないか。頑是無《がんぜな》い少年の心の中にも闇が潜んでいる、人間とは、そうした厄介な存在なのである。悪は、何らかの理由で人間性につけ加わった後天的要素とはいい得ない、誰の中にも初めから潜んでいる可能性なのである。だから、生太先生がおっしゃたように、人間は、勇・知・仁に連《つら》なる価値に触れ、自分を克服しつつ、成長へと差し向けようとするわけではないか。

また、人間は、生まれながら自由でも平等でもありはしない、拘束と差異の中に生まれてくるのが現実ではないか。人間は、庇護を受けなければ歩くことさえままならず、生まれる時代も自分で選び取ったわけではない。能力にしたって、生来絵や音楽に長《た》けた人、多言語や数理の才のある人。私は、逆立ちしても、ベラスケスやモーツァルトになれはしない、それでも私も同じ男一匹、私に出来ることをすればそれでいいではないかと自分に言い聞かせている。だからこそ、私たちは、お互いに尊重し合い、支え合い、助け合い、自由と平等を「権利問題（quid juris）」として実現しようと努力し合っているのである。

ところが、この自由と平等が「事実問題（quid facti）」として私たち一人ひとりの人間に既に実現している事柄と錯覚して、少しでも拘束や差異と感じる状態を見出すと、たちまち不自由だ、不愉快だ、不平等だ、不条理だと騒ぎ立てる、この倒錯した精神を押し出すことを善きこととして歩んできたのが、わが日本の戦後教育史であったのではないのだろうか。教育者が楽天的な性善説を、また平板な自由・平等観をお題目のように口にしていて許される時代はもう過ぎた。いや、こうした安易な言説を口にし続けてきた結果、戦後日本の教育は、既に純粋戦後二世代を経過して、こうした悲劇的人間を生み出し始めているのである。

（平成二〇年一〇月三〇日発行）

総選挙を前にして思うこと——特に学生諸君へ

日本のために与党が勝つのがよいのか、野党が勝つのがよいのか、それは、人それぞれが判断すればよいことです。

しかし、どんな政権を誕生させるにせよ、安定的な政権を作らなければ、国際政治の中での日本の存在感《プレゼンス》は、ますます弱小化していくであろうということです。殊に世界史的に見て、米ソのパワー・バランスが堅固な時代は、各国はその脅威に晒《さら》されながらも、しかし逆にその傘の下に行動すれば事なきを得たわけですが、その傘がはずれて、それぞれに自前で国力を発揮しなければならなくなった今日、アジアの基軸も、日本から中国やインドへ移りつつあるのが実状です。ですから、わが国がいつまでもチマチマとした国内政治的要因により不安定な政治状況を続けるということは、核拡散問題しかり、拉致問題しかり、領土問題しかり、不況問題しかり、思い切った手を打つことも出来ずに、採用されるべき政策の実現がますます遠のいていくであろうということです。

何れにせよ、今回の選挙は、政権基盤の安定した政治状況を作る選挙にしなければなりませんし、その意味で日本の行く末を占う選挙といっても、過言ではありません。

昨年のアメリカの大統領選挙で、何故アメリカ国民がオバマ氏に大勝させたのかという事の本質は、黒人の大統領を誕生させ、二一世紀の新しいアメリカの神話を創《つく》らなければ、イラク問題で傷ついたアメリカの威信と国益がこのままでは維持されないといった国民の危機意識の裏返しにあったと見ても、そう間違いなかろうと思います。

ところが、他方、最近の、いや、何も今始まった話でもないのですが、日本の政治の状況を見るにつけ、ホトホトナサケナイ思いにさせられるのは、国民の意識や行動を大きく左右するジャーナリズムの姿勢です。ことほど左様に、政治家も、ジャーナリズムの顔色を窺《うかが》いながらの媚《こ》びた発言となり、総選挙までたわいない争点《イッシュー》に明け暮れることになるわけです。かつて、二〇世紀を代表する哲学者のカール・ヤスパースは、名著『現代の精神的状況』の中で、本来ならジャーナリズムは人々の教養や知性の向上に貢献する大変な可能性をもった媒体《メディア》であるにも拘らず、そうなり得てはいない実態を「現代の状況の恐るべきもの」※といって嘆《なげ》きましたが、ひたすら断片的な興味と刹那的な刺激を求めて倦《う》むことないジャーナリズムの有り様にはあきれさせられることが少なくありません。

いくら酒に弱い財務大臣がローマで醜態を演じたとしても、シジフォスの神話のように、朝から晩まで同じシーンを、まあこれでもか、これでもかと流し続けることが、果たしてジャーナリズムの本当の役割といえるのでしょうか。たとえ、彼が酔っぱらって会議の内容を覚えていないとしても、その他の出席者の間ではさぞ重要なことも語られたでしょうに、あの大臣が出席した会議が一体何の会議であったのか、その内容をまともに報じた日本のテレビニュースは、一体どれほどあったのでしょう。世界にはさまざまなニュースがあるわけですが、日本のテレビ局ほど、一つのニュースをえんえん流し続ける国も、他国にあまり例を見ないところです。これは、ほんの象徴的一例に過ぎません。

良くも悪くも共同体的一体意識の強い日本人の特性とも相俟《あいま》って、戦前・戦中よりこの方、何事につけ一色に塗りつぶされた論陣をはるのが日本のジャーナリズムの懲《こ》りない性分《しょうぶん》と心得て、私たちは、それらに左右されない政治を見る確かな眼力を養っておかなければなりません。

アレクシス・ドゥ・トクヴィルというフランスの一九世紀の歴史家・思想家・政治家がおりますが、彼は、建国を果たした黎明期《れいめいき》のアメリカへおもむき、東部・北部を中心にくまなく視察し、帰国して綿密なアメリカ報告書を出版したことがありました。それが、大著『アメリカの民主政治』です。これにより、トクヴィルの名は、世界の政治史に永遠に記憶されることになりました。

この大著の内容を一言で語り切ることには慎重でなくてはなりませんが、それを貫く骨太のテーマは、アメリカの民主政治をモデルとしながら、それに止まらず、その後世界に広がっていくことになる民主主義という政治形態のもつ可能性を分析し、その陥る欠陥を逸早く指摘することにありました。当時のフランスには、まだまだ封建的な旧体制《アンシャン・レジーム》が生き延びていて、早晩民主化されていくべき母国の将来の政治に資《し》するために、現実政治家たろうとした彼が民主政治の特性を広く世に知らしめようと欲《ほっ》した思いは、よく理解出来るところです。

この書の中に、読者は、傾聴に価する幾多の含蓄《がんちく》ある文章を見出すことが出来ますが、中にこういう言葉がありました。「民主政治が政策において理性に訴えるよりも感情に従い、興奮した激情の満足のために長い間熟慮された計画を放棄して顧みないという傾向は、フランス革命が勃発したときのアメリカにははっきり見出すのである」※※。

トクヴィルの烱眼《けいがん》が民主政治の特性を見抜いたのは、今からもう一八〇年ほども前の、南北戦争も起こるはるか前のアメリカ訪問を機縁にしてのことでしたが、この傾向がますますもって加速され、恐ろしく肥大してしまっているのが、ウルトラ・マス・メディアによって操《あやつ》られる日本の現代民主政治の特徴です。

政策は、複雑な利害を調整する作品であり、政治は、泥中《でいちゅう》に蓮華《れんげ》を咲かせるようなものだけに、私たちが本当に成熟した国民であるのだとすれば、よほどしっかりした判断力をもたなければならないはずです。選挙権を手にした学生諸君、よろしく頼みますよ。

※ヤスパース『現代の精神的状況』飯島宗享訳、河出書房。
※※トクヴィル『アメリカの民主政治』井伊玄太郎訳、講談社（傍点筆者）。

（平成二一年七月三日発行）

天は自ら助くる者を助く

国民の質がその国の質を表すとは、よくいわれることですが、最近の日本人の姿を見ると、政治家はテレビ世論に媚《こ》び、事程左様《ことほどさよう》に内閣は朝令暮改《ちょうれいぼかい》を繰り返し、金を操《あやつ》るべき経済人は金に操られ、教育者は常識を失い、市井《しせい》の人々は親の亡骸《なきがら》さえ利得の材に使いと、それが一例であるとしても、そこには時代精神の典型が表れていて、人も国も壊れ始めているのは、どうも認めざるを得ない事実のように思います。

「建学の精神」の授業でも触れることがあるヒラリー・クリントンの母校ウェルズリー・カレッジの建学の理念は、本学とほぼ同様に、"non ministrari sed ministrare"（人に奉仕されるのではなく、自らが奉仕せよ）でしたが、現代の日本人は、自らが奉仕するのではなく、いつも人が奉仕してくれるものと思い込んでいる、全ては人が与えてくれる、反対に与えてくれないと、今度は人に不満を投げつける、人に頼る、国に頼る、事によると外国に頼る、どうしてこんなにうらぶれた国民になってしまったのでしょう。

古来、日本人ほど教育と倫理を重んじる民族はないといってもよく、日本を訪れた最初の西洋の知識人であったザビエルは、日本人の特性について故国にこう報告しています。「日本人より優れている人びとは、異教徒のあいだで見つけられないでしょう。驚くほど名誉心の強い人びとで、大部分の人びとは貧しいのですが、武士も、そうでない人びとも、貧しいことを不名誉とは思っておりません。名誉は富よりもずっと大切なものとされているのです」※。殊更《ことさら》日本人をほめそやす必要もなければ、けなす必要もない、後続の宣教師たちのために必要な情報を提供するという彼の意図に、ありのままの事実の記載はあっても、嘘も誇張もないでしょう。それにも拘らず、戦争に一度負けたくらいで、折角私たちの祖先が培ってきた良質な規範や価値まで手放そうとして。

いつの時代も内憂外患《ないゆうがいかん》はつきものですが、明治日本の抱えた社会条件・国際環境は、今よりはるかに厳しく危ういものがありました。しかし、明治を創《つく》った人々は、男も女もみな質実でした。『坂の上の雲』の司馬遼太郎さん風にいえば、開化期をむかえようとしていたまことに小さな国が、それでも世界から瞠目《どうもく》され、アジアから期待されたのは、“The Great”（大帝）と呼ばれた明治天皇の偉さも、政治家や将軍たちの立派さもありましたが、しかしその本質は、国民一人ひとりが夢と誇りをもって自分自身に与えられた務めを真摯に果たそうとしたからに他なりません。明治一三年生まれの松本生太先生も、そうした日本人の一人でした。

その明治の青年たちがこぞって愛読した本が、サミュエル・スマイルズというイギリス人が書いた“Self-Help”、日本では『自助論』と訳される本です。※※幾多の警句がちりばめられたこの本は、次のような書き出しで始まっています。「天は自ら助くる者を助く。自助の精神は、人間が真の成長を遂げるための礎《いしずえ》である。自助の精神が多くの人々の生活に根づくなら、それは活力にあふれた強い国家を築く原動力ともなるだろう。外部からの援助は人間を弱くする。自分で自分を助けようとする精神こそ、その人間をいつまでも励まし元気づける」。

この一文にも看《み》て取ることが出来るように、この本に一貫して流れているテーマは、忍耐と努力と希望の精神です。スマイルズは、こうもいっています。「いつの時代にも人は、幸福や繁栄が自分の行動によって得られるものとは考えず、制度の力によるものだと信じたがる。だが、われわれ一人ひとりがよりすぐれた生活態度を身につけない限り、どんな正しい法律を制定したところで人間の変革などできはしないだろう。われわれ一人ひとりが勤勉に働き、活力と正直な心を失わない限り、社会は進歩する。政治の力だけで国民を救えるというのは実に危険な幻想なのだが、このような考えはいつの時代にもはびこりやすい」。

確かに、現代は、コンビニエントリーに価値を手にする時代、忍耐は苦痛に感じられ、目先の成果を求める時代、努力は空《むな》しく響き、先行き不安が語られる時代、希望は見出し難く、いずれも、現代人がもつことを苦手とする精神なのかも知れません。しかし、壊れることを望む人はいないはず、この国と国民が復元するには、皆が自助の態度を身につけなければならないのであり、結局は自助の精神を育むことこそ、変わりない教育の使命なのだと思います。最後まであきらめず、未来に期待をかけるのが教育者というものです。まして、歴史的に見ても、日本は、聖徳太子の時代から、開国と鎖国、受容と消化、流動と復元を、時に意識的に、時に無意識に繰り返しながら成長してきた国柄であるのですから。

※『聖フランシスコ・ザビエル全書簡』河野純徳訳、平凡社。
※※スマイルズ『自助論』竹内均訳、三笠書房。

（平成二三年一月七日発行）

いざ、もう一度（中等部・高等部卒業式式辞より／平成二三年三月一三日（日））

今も揺れを感じたところですが、こんなに綺麗な春の陽の下で、大変な悲劇がくりひろげられています。春の陽の恵みも自然の力なら、大津波の脅威もまた自然の力です。世界ネットのアメリカのCNNテレビが、このような災害の中で暴動も略奪も起こらない、日本人の道徳性・倫理性の高さを感嘆の眼差しで伝えています。

東日本を襲った観測史上最大の巨大地震、東北地域と比べて、この辺りは、被害は最小限におさまったようですが、それでも、この席に集っている方々の中にも、場合によるとご本人、あるいはご親戚、友人・知人、いろいろさまざまな形で罹災した方々も、少なからずいらしたのではないかと思います。お見舞い申し上げます。事実、大学生の中には、教職員の家族の中には、直接的な被害にあった状況が刻々伝えられています。

特に発生直後の一一日の夕方には、約二八〇名の生徒の皆さんが学校に止めおかれ、初等部生は約一二〇名、学期末が幸いして大学生は約五〇名、中には不安な一夜を明かした人たちも相当数おられたわけです。ご父母の皆さまも、大変ご心配になったことと思います。また、帰宅方法等、速やかにご対応頂きまして有難うございました。

でも、君たちが、無論初めはびっくりしたようですが、しかし大変落ちついていて、泣きごと一ついわず、小さなおにぎり一つにも喜んでくれ、先生方・事務の人たちと一緒に、次第には時に笑い声も挙げながら一夜を過ごしてくれたことを聞きまして、私は、感謝と共に、とても感心をさせられたところでもありました。

この卒業式も、本当ならば、昨日開かれる予定でしたが、中・高等部の先生方も、大事をとって一日間をあけてくれたようです。ご父母の皆さまにもご理解を頂き、重ねてお礼申し上げます。

古くは、今から約九〇年近く前に起こった関東大震災、大正一二年九月一日、平成七年一月一七日の阪神・淡路大地震より一六年、日本は、地震国といわれているわけですが、その事実をまざまざと目の当たりにさせられたわけです。私自身の人生を通じても、このような体験は、これまでにありません。

生きていく限り、人生や世界にはいろいろさまざまなことが待ち受けているわけですが、しかしはっきりしていることは、それにも拘らず、私たちは、元気を出し、勇気を出して、生きていかなければなりません。

ちょうど一九〇〇年、二〇世紀を目前に死んだ天才思想家にフリードリヒ・ニーチェという人がおりますが、彼は、『ツァラトゥストラは、こう言った』という、いささか奇妙なタイトルのついた本の中で、こう書き遺《のこ》しています。

「これが生きることであったのか、死を前にしてこそ、こう言おう、それならば、いざ、もう一度」。私は、この言葉を聞くと、どこからか勇気が湧いてくるような気持ちになります。「これが生きることであったのか、死を前にしてこそ、こう言おう、それならば、いざ、もう一度」。ニーチェは、人生最大の絶望といってもいい、何もかも失ってしまう死を前にしてさえも、なお、こういおうじゃないか、といっているのであります。「それならば、いざ、もう一度」と。いざ、もう一度、立ち上がり、生き、人生を雄々しく始めようじゃないかと。

若い君たちには、この言葉はやや疎遠かも知れませんが、しかし誰の青春にも迷いもあれば、悩みや不安もつきものです。そして、長い一生です。どうぞ、さまざまな物事にぶつかっても、いざ、もう一度、立ち上がり、勇気を出して、生きていって下さい。そして、日本人は、日本は、こうした悲劇にへこたれず、再び立ち上がっていかなければなりません。

これを私のメッセージとし、この機に、若い皆さんに伝えさせて頂きたいと思います。今日は、いろいろな思いを胸に卒業式を迎えましょう。

（平成二三年五月一二日発行）

震災の体験の中から

東日本大震災は、死者・行方不明者二万五〇〇〇人、その他の土地・家屋・資産の喪失は二五兆円規模にのぼるといわれます。人も物も、犠牲はあまりにも大きく、言葉に尽くし得ません。本学の関係者の中にも、辛い思いをしながら学んでいる人、働いている人が多数おられます。

現代の先端科学・技術の上に築かれた社会というものが、普段は便利でありながら、それが危機においては却って仇《あだ》となって、如何に脆《もろ》いかということも、知ってはいながら、あらためて痛く実感させられました。電気が来ない、水が出ないということになりますと、私たちの都市生活はたちまち成り立たなくなってしまう。この震災は、今後の文明の組み立て方そのものの問いなおしを迫ることにもなりましょう。

いよいよ、初期対応の段階から本格的な復旧・復興への長い歩みが始まるわけですが、私たちは、事態を殊更に楽観し、安閑と過ごすのでもなく、また殊更に悲観し、特に風評に浮足立って、騒ぎまわるのでもなく、事に応じて冷静な判断を下しながら、日常の十全な教育活動の実現に取り組んでいかなければなりません。

この未曾有の震災については、皆さんもそれぞれに感じるところがあるのではないかと想像しますが、私は、この惨状と荒廃の中から、何か日本人皆が今摑みかけているものもあるように思います。特に戦後の私たち皆がすっかり忘れてしまっていた過去の記憶の中から、一人ひとり何か手繰り寄せようとしかけているものもあるように思います。それは、人は独りで生きているのではない、私たちの命や生活というものは多くの恵みと多くの支えの中で初めて、しかもかろうじて成り立っているのだという、この当たり前の事実をどうしようもなく思い起こさせられているということなのではないかと思います。普段は当たり前過ぎて見えなくなってしまっているところがあるとしても、しかしそれらが無かったとしたなら、私たちの命も生活も有り得なかった、有り難かった、その事実をどうしようもなく思い知らされているということなのではないかと思います。また、そうであればこそ、皆自分は誰かの力になり得る、また力になりたい、そのことを切実に思い起こさせられているということなのではないかと思います。

三月一一日からそう経っていない頃のことです、東京のあるラーメン屋さんが東北の被災地に出かけて行って、ラーメンの炊き出しをしているシーンがニュースで流れていました。その人が「何故、炊き出しに出かけてきたのか」という記者のインタヴューに応えて、ごく素朴に、むしろ控えめに、こういっていました。「いやぁ、ラーメン屋はラーメンを作る、ま、そんな感じですかね」って。私は、頭が下がりました。自分の出来る仕事を通じて、損得勘定を抜きにして、自分を社会に役立てようとしている。

よく、戦後の日本人は、身勝手で、自己中心的で、自分の関心事だけが大切で、他人がどうなろうと構わない、そう思う人たちばかりになってしまったといわれるわけです。確かに、それもまた否定出来ない、戦後の私たちが作った、つい先だってまでの日本の精神風土でありました。

しかし、今回の大震災にあっては、テレビの中でも、街中でも、市井《しせい》の人たちも、著名な歌手や俳優も、年配者も、若者たちも、皆声をそろえて「日本人は結束しよう、支え合おう、皆が力を合わせれば、必ず復興出来る」と言い続けている。東浩紀さんという早稲田大学の教授の方がニューヨーク・タイムズに一文を寄せ、「日本人の間で『公共』についてこれほど取り沙汰されているのを、僕は見たことが無かった」と書いていました。

ご高齢で、ご健康が必ずしも万全ではないと伺っている天皇・皇后両陛下も、宮城へ、岩手へ、福島へと、毎週のように行幸啓を続けられました。誠に畏《おそれ》多いことですが、私は、両陛下は命を賭けておられたのだと思う。

とても衝撃的でしたのは、南三陸町役場危機管理課の遠藤未希さんという二四歳の女性の行動でした。防災対策庁舎の二階で、自分の役目と心得ていたのでしょう、「六メートルの津波が来ます、避難して下さい」と、防災無線で町の人たちにアナウンスを流し続けて、最後は津波にのまれていったそうです。その勇気たるや、すさまじいものがあります。彼女は、日本の津々浦々どこにでもいる極《ご》普通の人です。この他にも、多くの遠藤未希さんがおりました。でも、その普通の人々が持ち場を離れず、命を賭《と》して皆のために使命に殉じる、また今も普通の人々が自分の仕事を通じて何にせよ自分を誰かのために役立たせたいと思っている。国民の悲劇を踏み台に、虚勢の笑いを振り撒《ま》きながら自分の延命のみを一義的に考える首相の精神の惨状と荒廃には絶望しますが、私は、こういう日本人が社会のあらゆる場面にいる限り、日本はこの危機を必ず乗り越えることが出来ると思っています。史家ランケがいったモラーリッシェ・エネルギー、復興への力は、長い共同体的生活体験の中で培われ、戦後はバラケテしまっていたとはいえ、こうした危機において呼び覚まされ求心的《インテンシヴ》に働く日本人の倫理的エネルギーの中にあるのだと思います。

（平成二三年七月六日発行）

秋（九月）入学へ移行したいなら幼稚園から

新聞や雑誌で大学の秋（九月）入学問題がしきりに議論されている。かつても、中曽根内閣時代の臨時教育審議会や安倍内閣時代の教育再生会議などにおいても話題になったことがあったが、最近の主張は、その推進役の東京大学濱田純一総長の意見などに代表されるもののようだ。

「秋入学は生き残りへの賭け」と題して濱田氏が『文藝春秋』（二〇一一年一一月号）誌上で展開している主張の論点を整理すれば、以下のようになる。先ずは「世界がグローバル化し、企業の海外進出や海外からの企業参入が加速度的に拡大するなど、パラダイム転換が起きたのです」といったステレオタイプの歴史認識が語られ、次に「東大に留学する外国人学生も、東大から海外の大学に留学する学生数もまだまだ少ないのが現状です」といった東大の現状が憂慮され、「東大の国際化の遅れには、さまざまな理由が挙げられますが、海外大学との入学のズレに一つの大きな要因が求められます」と秋入学導入の必要性が謳《うた》いあげられている。

グローバル化に対応する大学改革という今日誰もが反対しにくいこの提案に旧帝大系大学や慶応・早稲田といった大手私大が前向き検討を打ち出したものだから、既にこの議論には、秋入学を推進しようとする大学は海外交流を促進しようというメジャー大学、これに反対するのはその実力を欠いたマイナー大学といった色調を帯びることになったが、社会的影響も大きく、ここは慎重に構えて考えてみる必要があるように思う。

　最大のポイントは、濱田氏に代表される議論がどうも日本の学制改革全般に及ぶ様子がなく、大学入試の時期は従来通り春と設定され、大学の入学時期だけが秋と提案される構図になっているところにある。

　つまり、全体としての学制は現状のまま維持しながら、大学入学時期だけを秋に設定しようというのである。そうなると、春の入試の合格から秋の実際の入学までの半年間の所謂《いわゆる》ギャップイヤーの使い方が問題になるわけだが、※それについても「国際経験や社会の見聞を広げるための期間として有効に活用してほしい」、「被災地へボランティアに行くのもいいし、ＮＰＯ活動の手伝いをしてもいい」、「入学前や卒業後の社会活動を通して鍛え抜かれた学生は、一味違うはずです」と、これまたステレオタイプの精神論が展開されるのである。

　しかしながら、この主張は、お膝元の東大の学生をはじめとする十代・二十代の青年心理や日本社会の現状をどこまで反映したものだろう。例えば、ギャップイヤーの使い方といっても、誰が責任をもって管理するのだろうか。高校なのか大学なのか、その何れでもなく全ては個人に委ねられているのだろうか。こんな疑問を呈してみれば、直ちにこんな反論が聞こえてきそうである。いや、そうした管理がなければ行動出来ない若者を生み出さないためにこそ、ギャップイヤーを活用し自由な発想で自由に行動出来る主体的な若者を育てなければならないのだと。

しかし、そういった主張は、言うは易《やす》く行うは難《かた》しというところがあって、なるほど海外の大学に留学しようというような明快な目的をもった学生にとっては半年程度のギャップイヤーは、期間としても適当だし、有効に活用されるように思う。留学先の大学や教授との受け入れ承諾の調整、研究のテーマや進め方についての遣り取り、ビザの取得、学生寮やゲストハウスといった滞在施設の確保、諸々の渡航準備、特に数ヵ月は必要とするだろう言葉の集中的なトレーニングと、むしろ自由に活動出来るフリータイムはあった方がいいように思う。もう何十年も前のことだが、ドイツの大学に留学していた頃、学生、院生、ポストドクター、専門研究者、大学教授と、日本から留学していた多くの人たちがいたが、はっきり申してドイツ語をネイティブ同様話した日本人は、日本のドイツ学校で幼い頃から学んだという女子学生ただ一人であった。無論、この国際化の時代、当時よりもネイティブスピーカー同様の人ははるかに増えていると思うが、如何に優秀な人でも会話は別物というところがあり、大方の留学生にとっては現地の大学に入る前に一定期間現地の語学クラスで特訓することは、決して無駄なことではないのである。そうだとすれば、現状の日本の春卒業と欧米の秋入学とのギャップタームは、留学生の間では既に有効活用されてきたのであって、皮肉なことに学事暦を欧米に合わせることによってこのギャップタームは霧消してしまうことになる。

これに対して、留学というような特定の目的をもたない人たちも多数含まれている秋の入学予定者に対して、功成り名を遂《と》げた大学の先生が「若者たちよ、ギャップイヤーを作るので国際経験をし、ボランティアをし、見聞を広め、自分自身を鍛えておいで」と抽象論をいったとしても、それが若者の将来形成への強い動機づけになるものだろうか。勿論、それを前向きに受け止める人もいるだろう。しかし、この問題を考える時に量の問題を考慮せず語ることは軽率の誹《そし》りをまぬがれないように思う。いくら少子化の時代といっても、毎年約七〇万人の大学入学者が生み出される中にあって、本当にギャップイヤーを活用して無駄のない半年間を送る者は、その中の何パーセントになるのだろう。この間を無為《むい》に過ごす若者たちが街に溢れ出すことにはならないだろうか。優秀な東京大学の学生にはそのような無自覚な者は交じっていないといってはみても、それ以前に、数十万という人たちがボランティアをし、有意義な見聞を広めることが出来る受け皿となる社会的装置やその活動を支える経済的余裕は、失われた二〇年といわれる経済不況や震災後の復旧・復興に喘《あえ》ぐわが国にどこまで用意されているのだろう。むしろ、ギャップイヤーは、難関を突破し、いよいよ専門の勉強が出来ると意気込んでいる入学者の折角の意欲を萎《な》えさせるか、世の中は経済的に余裕のある家庭ばかりではなく速やかに職に就くことを期待する父母の家計の耐性を損《そこ》なうことにはならないだろうか。

一方、秋入学を実現すれば、海外からの留学生を多数呼び込めるという主張があるが、その場合当然のことながら外国人も日本語を自在に使えることが望まれるわけだ。確かに、最近の留学生の中には驚くほど達者に日本語を使いこなす人が増えた。しかし、昔から日本語は言語のエベレストといわれるわけで、留学生の絶対量を増やすには日本の大学の授業を外国人にも解りやすくするためにレベルを下げればいいということにでもなるのだろうか。だが、そんな授業を受けるなら、高度の勉学を志す留学生がそもそも日本にやってくる必要もなくなってしまおう。

さて、そうなると、逆に全ての授業を英語で行えばいいということにもなるわけだが、文学、法学、歴史学等々、言葉が内容を規定する授業を本当に英語で遂行出来るものだろうか。確かに、国際化の時代であればこそ、今日の共通言語《リングァ・フランカ》としての英語運用能力を誰もが高める必要はあるであろうが、勢い日本語はやめて英語で授業をすることを考えた方がいいとは、私にはとても思えない。その理由は、紫式部や芭蕉といった日本の古典が読めなくなるというよりも、私が大きな危惧を覚えるのは日本人の文化創造のダイナミズムが失われるのではないかという点である。言葉は、単なる情報伝達の装置に止まるものではない、情報を記憶として蓄積し、思考に手がかりを与え、さまざまな記憶を組み合わせて未だ無いものを創り出すポテンツをもったものだからである。人間の手にしている全ての価値は、言葉から生まれてきたものばかりである。

私の恩師は、時代を代表する独創的な哲学者であったが、こう申しておられたことを印象深く覚えている。「カントも、ラテン語で著述する時代には本格的なカント哲学と呼べるものは誕生しなかった。彼が母国語のドイツ語で著述するようになって初めて、固有名詞を冠して呼ぶにふさわしい堂々たるカント哲学が成立したのだ[※※]」と。

日本人はナイーブ過ぎるところがあって、よく国際化というと、直ちに統一的な基準や制度を導入し、全てを一律に判定するというような議論ばかりに走り勝ちのものだが、しかしグローバル化とはそう単純な一元的な現象ではなく、相当複雑多様な複合《コンプレックス》的な現象であるということはよく心得ておくべきことであろう。さすがに東京大学大学院総合文化研究科の「教育の国際化ならびに入学時期の検討に係わる意見書」（二〇一二年三月三日）は、面白い譬《たと》えをひきながら、この問題に対して慎重な構えを示している。「Jリーグは開催時期が三月―一二月であり、欧州リーグや南米リーグとはリーグ暦がずれている。だが、リーグ暦を変更して欧米に合わせればレベルが上がるかといえば決してそうではない。リーグ暦のずれ自体が問題なのではなく、リーグのレベルを上げるための多様な取り組みが問題であり、これは基本的には本学の教育の国際化にも妥当する事柄である」と。

私は、むしろ本当に秋入学を実施したいというのであれば、欧米の大学入学者は日本の高校三年生の第二学期の学齢からとなっていることからも、日本人は欧米人と比べると社会に出るのに半年遅れをとっているわけだから、一方幼稚園から半年前倒しし、日本人の就学全体を早める方向で改革すると同時に、他方企業には新卒一括採用の慣例を崩して卒業後少なくとも五年程度の期間の就職については再チャレジも含め平等に扱ってもらいたいものだと思う。最近の若者は冒険をしなくなった、隣の韓国の学生の方がはるかにハーバード大学にも留学しているといった主張を聞くことが多いが、若者が安心して活動出来るインフラを整備しないまま、今の若者は勇気がないとただその精神を責めたてるのは、公平な議論ではあるまい。

この秋入学問題について推進派・反対派の双方を見まわしながら冷静な視点で語っているのが玉川大学の小原芳明学長の見解である。むしろ、国際派である氏は、同大学の機関誌『全人』（二〇一二年四月号）誌上でこういっている。「報道によると、欧米ではギャップイヤーを活用する新入生が多いというが、具体的な数は分からない。幻の木を見て森を語っているのではないかと疑問がある。学生・保護者の負担軽減、就活や採用の時期、国家試験や教員採用試験の時期、奨学金制度の見直しなど、対応を迫られる問題は多い。大学だけが九月始業という構図は成り立ちにくく、中等教育のみならず初等教育までも巻き込んでの改変が必須になるだろうと考える」。

※既に高校生でも未だ大学生でもない入学予定者が社会の中に身をおく一定期間のこと。

※※ラテン語は、当時のインテリが使った共通言語。なお、発言は、京都学派の高山岩男博士のもの。

（平成二四年五月一一日発行）

一様化と多様化の間で（平成二六年度大学院・大学・短期大学部学位記・修了証書授与式式辞より抜粋）

大学院・大学・短期大学部、総勢八五三名、卒業生の皆さん、卒業おめでとうございます。

特に今年の大方の学部卒業生諸君は、あの四年前の三・一一、東日本大震災の発災直後に入学した方々です。計画停電の実施によって電気が来ない、水が出ない、交通機関がままならないと伝えられる中のことでした。一堂に会して、この松本講堂で行うはずの入学式も見合わせる中で、オリエンテーションも日時を変更しながら、分散して行ったことを覚えていることと思います。

実際、被災した故郷から、後ろ髪をひかれるように、ご両親から送り出された人たちも相当数おられたわけで、恐らく皆それぞれに、普段は当たり前のことが、当たり前に行えないもどかしさを感じながらスタートした学生生活であったことと思います。

さて、昨今の世界の情勢を見まわしてみますと、どうもグローバル化した世界は、私たちが期待する「調和」とは全く違った、「対立」の方向に進み始めているようにも感じられます。今、私は、例のアイシルの話を始めようとしているわけではありません。全くアリババの世界、中世に逆戻りしてしまったような、あのような無法・無慈悲な集団は論外であります。

しかし、私たちが「普遍的に」知っておかなくてはならないことがあります。確かに、通信技術の発展は、世界の人々が同一の情報を同時に獲得する機会をもたらしました。ヒト・モノ・カネの国際経済の交流は、世界の人々が同一の商品を同時に享受する機会をもたらしました。丸い地球が裏側を失って同一のシステムの下に「フラット化」、つまりは「水平化」されたともいわれるわけです。

しかし、このように世界がグローバル化していくということは、その度合に応じて、それまで異なる地域・異なる文化の中に暮らしてきた人々を否応なく同じ土俵の上に引き出し、利害をかけて付き合わざるを得ない状況を作り出すことになります。また、それだけに、社会のあちこちに「文明の衝突」を惹き起こすことにもなるわけです。

一方において、例えば西欧の民主主義的な生活価値、「表現の自由」といった正義を声高に叫ぶ人々がいます。他方において、例えばイスラムの伝統主義的な宗教価値、「それは信仰の冒瀆である」とする異なる正義を声高に叫ぶ人々がいます。無論、自分たちの価値を尊ぶことは、お互いに大切なことです。でも、その価値を絶対的な正義として声高に叫び始める時に、人は、自分の掲げる正義に盲目となり、相手の価値への尊敬を失って、対立ばかりが増幅されていくことになる。

全てが一様化されていくグローバリゼーションの只中に生きざるを得ないからこそ、私たちは、ローカルに点在する、それぞれ異なる価値の多様性の意味に心を配らなくてはなりません。グローバリゼーションの只中に生きざるを得ないからこそ、私たちには、自分の信じる価値についての謙虚さがまた一層求められているわけです。奇しくも戦後七〇年を迎える今、日本もまた、こうした時代の只中に引き出されているのです。

尊敬する正に日本のファーストレディーでいらっしゃる皇后陛下は、ご著書『橋をかける——子供時代の読書の思い出』の中で、幼少期の読書のご体験を振り返りながら、こう綴られておられます。「読書は、人生の全てが、決して単純でないことを教えてくれました。私たちは、複雑さに耐えて生きていかなければならないということ。人と人との関係においても。国と国との関係においても」。

一つの正義を声高に叫ばない、多様な価値の間に身をおいて「複雑さに耐えて生きる」、それは、社会にとっても個人にとっても、どんな場合にあっても、私たちが心に止めなくてはならない永遠の真理でありましょう。

（平成二七年五月一二日発行）

ある個人的な見解――「戦後七〇年談話」を聴いて

さまざまな検討と推敲《すいこう》を経てまとめられた、思慮と展望を内に秘めた談話であったと思います。私は、日本の政治家の演説を聴いて初めて感動というものを覚えました。

キャロライン・ケネディー駐日アメリカ大使は、「非の打ち所がない内容で素晴らしい」と評価したそうです。アメリカ国防大学国家戦略研究所のジェームズ・プリシュタップ上級研究員は、「品格と威厳があり、適切な言葉を使いながら、あらゆる側面に触れた大変印象深い談話だ」と論評したそうです。

台湾、フィリピン、インドネシア、東南アジア、豪州の各政府筋からも、概《おおむ》ね好意的に受け取られたようです。

中国政府も韓国政府も、言い出せばいろいろさまざま不満や要求はあるのでしょうが、総じて抑制的に受け止めてくれているようで、この談話を契機に関係がよりよい方向に進むことを願うばかりです。

談話の内容を聴く前から、総理がどう言ったとしても批判しようと身構えていた人士も、結局談話の内容に踏み込んだ批判は出来ませんでした。「この談話は出す必要がなかった。いや、出すべきではなかった」、「侵略の主体が日本なのか、国際社会一般のことなのか主語がぼかされている」、「『侵略』や『おわび』が首相本人の言葉として語られていない」、「これが安倍晋三首相の『認識』だとすると一面的すぎる。歴史的普遍性に堪えられる『談話』になっていない」といったような、言わば外枠の議論に終始しました。それだけこの談話の内容は、周到に準備されたものでしたし、内容に関わる軽率な批判は、却って批判者の認識と見識を曝《さら》け出してしまうことをさすがに察知したからでしょう。そもそも、これらの言辞は、批判することに急なあまり、少なくとも私には、真面目に国際関係をよりよい方向に差し向けていこうといった問題意識は感じられませんでした。

今回の談話は、一九世紀後半以降の世界史の流れ、日本がその潮流を見失い孤立し脅威となっていく過程、その歯止めたり得なかった国内の政治システムの欠陥、戦時下の行為、その結果としての彼我の惨害と敗戦、追悼と反省、関係諸国の寛容と支援に基づく国際社会への復帰、平和への努力、未来への貢献等々、一つ一つ落ち着いて考えてみなければならない、また細かく論じてもみたい事柄がたくさん含まれているわけですが、ここで全てにわたって話題に出来るはずもありませんので、特に若い世代の人たちが直接話題になった部分にごく限定して、少しお話ししてみたいと思います。

私が注目したのは、やはり次のくだりでした。「日本では、戦後生まれの世代が、今や、人口の八割を超えています。あの戦争には何ら関わりのない、私たちの子や孫、そしてその先の世代の子どもたちに、謝罪を続ける宿命を背負わせてはなりません。しかし、それでもなお、私たち日本人は、世代を超えて、過去の歴史に真正面から向き合わなければなりません」。

　このくだりは、ドイツ敗戦四〇年を記念して、当時の西ドイツ連邦大統領のワイツゼッカー氏が連邦議会で行った演説『荒れ野の四〇年』の次のくだりを思い起こさせます。

「今日の人口の大部分はあの当時子供だったか、まだ生まれてもいませんでした。この人たちは自分が手を下してはいない行為に対して自らの罪を告白することはできません。ドイツ人であるというだけの理由で、彼らが悔い改める時に着る荒布の質素な服を身にまとうのを期待することは、感情をもった人間にできることではありません。しかしながら先人は彼らに容易ならざる遺産を残したのであります。罪の有無、老幼いずれを問わず、われわれ全員が過去を引き受けねばなりません。――中略――問題は過去を克服することではありません。さようなことができるわけはありません。しかし過去に目を閉ざす者は結局のところ現在にも盲目となります」。特に最後のセンテンスは、印象的な言葉だけに大変有名になりました。ただ、それだけに、そこだけが抽出されて独り歩きし、さまざま誤解がつきまとってはおりますが。

　それは兎も角、この演説もまた周到に準備された文章でした。評論家の見解ではなく、何といっても大統領の演説文ですから、これを契機に惹《ひ》き起こされるかも知れない周辺諸国との新たな葛藤や国内世論の新たな不満を避けるために慎重に配慮を施《ほどこ》したことでしょう。ですから、氏は、その前段で、こうもはっきりと言い切っているのです。「一民族全体に罪がある、もしくは無実である、というようなことはありません。罪といい無実といい、集団的ではなく個人的なものであります」と。そこには、罪の主体を国家の問題としてではなく、個人の問題として論じ切ろう、またそもそも罪の問題は個人を主語としてしか論じ得ない、それにも拘らずそれぞれに自分の果たすべき責任を引き受けようという、如何にも西洋人らしい氏の断固とした主張と、政治家として国家国民を護ろうとする静かな決意が込められてもいたわけです。もっとも、こうした発言がリアリティーをもって人々に理解されていった背景には、特にブラント首相を初めとする、長年にわたる東欧諸国との和解の努力があったこともまた見逃してはならないことでありましょう。

この『荒れ野の四〇年』が発表された一九八五年当時、私は、ドイツが敗戦した直後の一九四五年から六年にかけての冬学期、ハイデルベルク大学で当代を代表する哲学者であったカール・ヤスパースが行った記念碑的講義との思想的近似性を感じたものです。実際、彼もまた、こういっていたからです。「全一体としての民族に罪があるとか、ないとかいうことはあるはずがない。民族を一個の範疇と見て範疇的判断を下すのは、どんな場合にも不公正なことである。そういうことを為《な》し得るのは常に民族に属する個人のみである」と。

この講義録は、後日出版され、日本でも橋本文夫氏によって『責罪論』という名で翻訳されておりましたので、『荒れ野の四〇年』の訳者である永井清彦氏に、たまたま私がかつてお世話になった大学で一緒の時期があったものですから、その近似性をお聞きしたことがありましたが、氏は、そのことはお認めになりませんでした。ただ、昨年、講演のため京都に出向いた折、外務省の元欧亜局長で、現在京都産業大学世界問題研究所長の東郷和彦氏から「ワイツゼッカー演説の思想的根拠はヤスパースです」という見解を聞かされ、久しぶりにそのことを思い出した次第です。それは、後日氏が送って下さった『歴史認識を問い直す――靖国、慰安婦、領土問題』（角川書店）でも指摘されていることです。

この『責罪論』は、実は私も縁のある本で、評論家の加藤典洋氏の提案で、一九九八年、平凡社ライブラリーに『戦争の罪を問う』という表題であらためて加えられることになった時、依頼されて、橋本文夫訳の補訂と本書の解題を書かされたことがありました。ヤスパースは、東郷氏のいうように、「敗戦後のドイツで、ドイツの戦争に対して正面から思索した最初のドイツ人といってよい」でしょう。その詳しい内容について語る余裕はここではありませんが、ただはっきりしていることは、ヤスパースの主張は一億総懺悔的な責任論を展開したものでも、さまざまな罪を「罪」とひと括《くく》りにして弾劾したものでもなく、当時始まりつつあったニュールンベルク裁判を通じてのドイツ及びドイツ国民の罪の問われ方を想定しながら、「刑法上の罪」、「政治上の罪」、「道徳上の罪」、「形而上的な罪」と、それぞれ異なる罪の種類とそれぞれの罪に応じた応答の仕方について冷静に分析しようとしたものでした。そうすることによって、人が応えるべき事柄から目を背け、それを糊塗することを赦《ゆる》さず、そうかといって人が不当な批判と断罪に晒《さら》されることを赦さず、それぞれに応じた罪と責任の在《あ》り処《か》を問いかけさせ、引き受けさせようと試みたものでした。それを綯《な》い交《ま》ぜにすると、「罪はさらに転じて政治の道具となる」と。

さて、話を戻すと、私は、安倍氏の心情と配慮はむしろ文章として発表された談話の前後に語られた生《なま》のコメントによく表れていたように思いました。冒頭、総理は、こう話しました。「談話の作成にあたっては、『二一世紀構想懇談会』を開いて、有識者の皆さまに率直且つ徹底的なご議論を頂きました。それぞれの視座や考え方は、当然ながら異なります。しかし、そうした有識者の皆さんが熱のこもった議論を積み重ねた結果、一定の認識を共有できた。私は、この提言を歴史の声として受け止めたいと思います。そして、この提言の上に立って、歴史から教訓を汲み取り、今後の目指すべき道を展望したいと思います」。

民主化された時代、多様性の時代であるのですから、どのような意見があっても構わないわけですが、しかし日本国民が歩んできた道の大筋については、サンフランシスコ講和条約時の「全面講和か、単独講和か」以来、大きな問題に突き当たると決まってその都度国論を二分して争う状態をいつまでも続けるのではなく、歴史の事実を踏まえながら歴史の理解について国民が共有出来る一定のコンセンサスを作っていきたいという強い使命感がにじみ出ていたように感じました。私が冒頭「思慮と展望を内に秘めた談話」といった一端は、このことであります。

また、総理は、最後にこう締め括りました。「私たちは、歴史に対して謙虚でなければなりません。

謙虚な姿勢とは、果たして聞きもらした声が他にもあるのではないかと、常に歴史を見つめ続ける態度であると考えます」。

「歴史とは現在と過去の対話である」といったのは、イギリスの歴史家E・H・カーでした。「全ての歴史は勝《すぐ》れて現代史である」といったのは、イタリアの歴史家ベネデット・クローチェでした。共に二〇世紀を代表する歴史家です。この言葉は、歴史が現代に生きる人々の利害から修正される主観的な構築物であるといった意味ではなく、これまで見過ごされてきた事柄や見方にもその都度光が当てられ、それによって歴史の事実がより客観的に彫琢されていくといった趣旨で語られた言葉です。むしろ、若い世代の人たちに託されているのは、歴史を一定の角度から一言で切り取って、これが普遍だと断じ切ってしまうのではなく、その都度その都度歴史と向き合いながら、自らの目で起こった出来事を確かめながら、未来を創造する知恵を紡《つむ》ぎ出す努力でありましょう。むしろ、そこにこそ、過去に目を閉ざすことのない者にして果たし得る、未来への責任というものがあるように思います。

（平成二七年一〇月二三日発行）

憲法八十九条と私学助成金の問題

私が憲法八十九条の問題を意識し始めたのは、一九八〇年代のことでした。憲法八十九条とは、「公金その他の公の財産は、宗教上の組織若《も》しくは団体の使用、便益若しくは維持のため、又は公の支配に属しない慈善、教育若しくは博愛の事業に対し、これを支出し、又はその利用に供してはならない」とされている、あの八十九条のことです。

この条文が抱える問題を教えてくれたのは、『中央公論』（一九八二年一月号）誌上に掲載された憲法九条をめぐっての当時の埼玉大学教授片岡鐵哉氏と東京大学教授佐藤誠三郎氏の対談の中での佐藤氏の発言でした。

現実に自衛隊が重要な役割を負っていながら、法理論上は違憲の疑いが強い。そうだとすると、憲法を改正するか自衛隊を廃止するかといったことにならざるを得ないはずだ。防衛の改革が進まないのは、抽象的な平和主義《パシフィズム》を掲げる現憲法に原因がある。こういった論旨を展開する片岡氏に対して佐藤氏がもち出した議論は、次のようなものでした。

「第九条は拡大解釈されることによって定着したのです。九条以外にも制定当初とは違ってしまった条文はいくつもあります。例えば八十九条で　―中略―　、それを厳格に解釈すれば、私学助成は憲法違反です。ところが、厳格に解釈しないことについて与野党の合意が成立しており、毎年多額の私学助成金が予算に組み込まれています。つまり、八十九条は拡大解釈を通じて定着している。憲法の条文に何と書いてあろうと、日本社会に適合的でないもの、日本国民が好ましいと思わないものは、定着しようがありません。そういう条文は無視されるか、拡大解釈されてしまうのです。――中略――本当のパシフィズムなら自衛隊廃止論になるはずですが、自衛隊廃止に賛成する人など数パーセントに過ぎません」。

憲法改正などは口にするだけでも火傷《やけど》した当時の日本社会の雰囲気の中で改憲という極めて困難なイッシューに政治的エネルギーを遣《つか》うよりも、解釈改憲でいった方が賢明ではないか、その理屈立ても成り立つではないかと、この主張が現実とどこまで並走出来るのかといった疑問を抱きながらも、なるほど頭のいい方が得意とする議論の組み立て方と思ったことがありました。

ただ、ここでの私の関心事は、九条問題ではなく八十九条問題です。

確かに佐藤氏のいう通り、一九四六年の憲法制定議会における金森国務大臣の答弁以来、既に私学が「公の支配に属する」といった法解釈が行われ、今日に至る私立学校活動の公益性に鑑みれば、国民は私学助成をごく普通に受け入れ、爾来七〇年を経過して、平成三〇年度の概算要求額は四七六九億円と、私学助成金は、歴史的にも定着し、社会的にも認知されているわけです。

これに疑義を唱えることなど、自衛隊廃止に比すべき国家的大問題になるでしょう。憲法上の困難を乗り越えて私学助成の制度と執行を勝ち取ってきた私学関係者並びに文科省を初めとする支援者の長年のご苦労にはつくづく頭がさがります。

松本生太先生もまた、その渦中にあって主導的な役割を発揮されました。当時の私立短期大学協会事務局長の中原稔氏が『緑苑』（一九六八年第六号）に「私学擁護の大元老」という一文を寄せておられます。「松本先生は、当時の文部省の担当課長であった福田繁氏（後に文部次官）をまねき、数カ月にわたって法文制定の議論をした。松本先生は法律の専門家であり、私立学校の自主性を損はず且つ援助を受けられるような法律制定に大いに努力された。その功績は非常に大きいものがある」。

いうまでもなく、私学助成がこうして公に認められるには、私たち私学教育に携わる者が自律的にそれに相応しい公益性の高い事業を行っていかなければならない責務を負っているからでしょう。また、金額の妥当性は兎も角、何れにしても国民の大事な税金が投入されるわけですから、国が教育の質の向上に関心をもつ、これもまた当然のことでしょう。しかし、その裏返しとして建学の精神をはじめ、財政、経営、人事等、国の関与、はっきりいえば支配・介入が強まり私学の独自性が失われることになれば、元も子もないわけで、この多様性が求められる時代、それは、国もまた望むところではないはずです。

ただ、昨今話題になっている学校教育をめぐるさまざまな制度改正は、あらためて八十九条と助成金の問題をめぐる憲法論議を顕在化させていくものと想像します。私たちは、今こそ私学助成に尽力した先達の知恵と勇気を思い起こしたいものです。

私立大学協会の会議に出席しながら、かつての片岡氏と佐藤氏の対談のことを思い出し、図書館に問い合わせたところ、早速雑誌を届けてくれました。両氏も既に故人となられ、大分褪《あ》せてザラついた紙面をめくりながら当時の雰囲気が彷彿しましたが、しかし明らかに時代の議論は、またもう一つ新しい段階に入ってきているという感慨を覚えます。

（平成三〇年一月九日発行）

格言に二種あり――マ逆の格言が教えること

面白いもので、古今東西、マ逆の格言があるものだ。「三人寄れば　文殊の知恵」、そうかと思えば「船頭多くして　船　山に上る」、「先んずれば　人を制す」、そうかと思えば「急いては　事を仕損ずる」、「寄らば　大樹の陰」、そうかと思えば「大樹の下に　美草なし」等々と。

格言なのだから、無論それぞれに間違いはなく、正しく真理を言い当てているといっていいだろう。だが、こうしてマ逆の諺《ことわざ》があるということは、真理は常に一面の正しさを伝えているに過ぎず、その真理だけで世の中のこと、また人の心は方《かた》がつくほど単純ではないことを既に人々が知っているということだ。

戦後の著名な哲学者・教育学者で、私の恩師でもいらしたオットー・フリードリヒ・ボルノー先生には、『真理の二重の顔』というご本があった。その中で、先生は、「真理というものは、あけっぴろげに、あからさまに、ただ確定されさえすればよいというものではなく、むしろそれは秘められており、隠されているものである」※とさえいっておられる。

だから、古いギリシア・ラテンの箴言《しんげん》にも、一方の真理を強調し過ぎることを戒《いまし》める道理が種々説かれているわけだ。「徳の過剰は不徳に転ずる」、「過度に罰する人は不正に罰するに近し」、「思慮ある間は言わば知識の半分なり」等々と。

確かに、真面目に物事に取り組もうとすればするほど、真理の顔は二重どころではないことに思い当たる。一つの組織をマネージメントするにも、一つの政策を実現するにも、一つの社会を解釈するにも、一方だけを殊更《ことさら》にいい立て始めると、事《こと》の真相をいい当てることからは、ますます遠ざかっていってしまうものだ。

文化の理解だって、そうではないか。そもそも文化というものは、厚みのあるものなのであって、厚みのある文化を一つの思想、一つの原理、一つの理念で語り尽《つ》くすことには、必ずや危《あや》うさがつきまとうのである。具体例は、いくらでも指摘することが出来る。いや、重層的・複合的な要素を抱えもつところにこそ、その文化の強靭《きょうじん》さ、しなやかさの証《あかし》があろうというものだ。

「一人は、常に不正をもつ。しかし、真理は、二人と共に始まる」※※といったのは、ニーチェであった。だから、ボルノー先生は、「真理は、こうして一方または他方にあるのではなくて、いわば話している人たち『の間』にある」※と指摘しておられる。一人が語ることによってではなく、二人が語ることによって、秘められていた、隠されていた真理が顕《あら》わになってくるということであろう。

さて、こうした真相を、はるか二五〇〇年前に見通していたのがお釈迦さまだった。後代の学問化した大乗仏教の仏典とはやや趣《おもむき》を異にして、釈尊《しゃくそん》が実際に語った言葉に比較的近いといわれる原始仏教の経典の中には、こういう言葉が残されている。「一切は有《あ》るというのは、一つの辺《へん》である。

一切は無《な》いというのは、第二の辺である。如来はこれら有無の二辺を離れて中《ちゅう》によって法《ほう》を説く※※※」。「辺」とは、「偏《かたよ》り」といった意味である。「法」とは、「真実」といった意味である。あれが無い、これが無いというのも、一つの偏った見方である。でも、これが無くてもいい、あれが無くてもいいというのも、一つの偏った見方である。事の真相を見抜く如来さまは、これらの二つの偏った見方を離れて、真中《まなか》において真実を見通していくといった意味であろう。

教育学部の竹内整一先生も、近年しきりに「有《う》と無《む》の間《あわい》に生きる※※※※」ことを強調なさっている。しかし、この「間」とは、数学的な中間点といった意味だろうか。どうも、そうではなさそうである。どちらに対しても等距離の妥協点といったものでは、それは、全くなさそうである。だから、一見如何に片寄《かたよ》りしているように思われたとしても、私たちは、不正に対してははっきりと不正といわなければならない。

では、間とは、中とは、どこにあるのか。それを見極めるところに、秘められていた、隠されていた真実が浮かび上がってくるのだ。この齢《よわい》になって、何を考えるにせよ、これが、私が辿《たど》り着いた物の見方・考え方の最終的境地となった。

※参照：ボルノー『真理の二重の顔』西村皓・森田孝訳、理想社。
※※参照：ニーチェ『悦ばしき知識』信太正三訳、ちくま学芸文庫。
※※※参照：『南傳大藏経典』（相応部巻二）大藏出版株式会社。
※※※※参照：竹内整一『ありてなければ――無常の日本精神史』角川ソフィア文庫他。

（平成二八年七月一一日発行）

あとがき

ここに収められた五〇篇は、学校法人鎌倉女子大学の『学園だより』に定期的に掲載してきたものの中から選び出した文章です。

執筆の時代は、理事長・学長の職に就いた平成一七年から最近までのもので、話題は、教育・文化・文学・宗教・政治・社会とさまざまです。時事問題と関わる内容もあるものですから、各篇の末尾に発表の年月日を記載しました。

この他のあちこちに書き止めたエッセーも入れてみようかとも思いましたが、長くなるばかりで、これだけでもまとめてみると、思いの他長いものになってしまったものですから、ご関心のあるところでも拾い読みしてくだされば、幸いに存じます。

中に使わせて頂いた日本画は、鎌倉女子大学の大河原典子准教授の手によるもので、大河原先生には、拙文に彩りを添えて頂き、お礼を申し上げます。また、いつもながら秘書室の伊藤君の手を煩わせました。併せてお礼を申し上げます。

平成三〇年　秋

福井一光

著者略歴

福井　一光（ふくい　かずてる）

鎌倉女子大学理事長・学長。
バーゼル大学大学院哲学・歴史学科博士課程修了（哲学博士）。
専門分野は、近代ドイツ哲学、比較思想。
著書として、
『ヒューマニズムの時代―近代的精神の成立と生成過程』（未來社）、
『人間と超越の諸相―カール・ヤスパースと共に』（理想社）、
『哲学と現代の諸問題』（北樹出版）、
『知と心の教育―鎌倉女子大学「建学の精神」の話』（北樹出版）、
『教育者のロゴス―教育思想の深みへ』（玉川大学出版部）他、
共著・共編として、
『死生学入門』（ナカニシヤ出版）、
『経験と言葉―その根源性と倫理性を求めて』（大明堂）、
『日本発の「世界」思想―哲学・公共・外交』（藤原書店）、
『高山岩男著作集（全６巻）』（玉川大学出版部）他、
翻訳書として、
カール・ヤスパース著『大学の理念』（理想社）、
リヒャルト・クローナー著『自由と恩寵―実存的思索から信仰へ』（教文館）、
ラーム・A・マール著『マハトマ・ガンジー―間文化論的に読み解く実像』（玉川大学出版部）他、
著書、翻訳書、論文、評論等、多数。

断想録

2018年11月30日　初版第１刷発行

著　者　福　井　一　光
発行者　木　村　慎　也

印刷　ヤマイチテクノ／製本　川島製本

発行所　株式会社　北　樹　出　版

http://www.hokuju.jp

〒153-0061　東京都目黒区中目黒1-2-6
TEL：03-3715-1525（代表）　FAX：03-5720-1488

ISBN 978-4-7793-0585-6